# 일본 근·현대 명시선집

아오모리 쓰요시 감수
문철수·남이숙 공편역

어문학사

# 머리말

시는 자주 문학의 꽃에 비유됩니다. 그만큼 시는 쓰기도 어렵고 이해하기도 어렵다는 얘기이겠지요. 시를 이해하기 위해서 소비한 시간이나 노력에 비해서 시로부터 얻는 것이 별로 많지 않은 경우도 있습니다.

그래서인지 최근 문화의 방향은 드라마나 영화와 같은 비주얼한 것을 향하고 활자로 만들어진 시집이나 책 등의 서적 문화는 쇠퇴해 가고 있는 것 같습니다. 시집의 경우도 서점의 한쪽 구석으로 밀려나 있고 시가 갖는 의미도 많이 퇴색되어 있습니다.

최근 학계의 동향을 참고하면 시로 사고력과 창의력을 신장시키고 마음의 상처나 트라우마를 치료한다는 보고가 많습니다. 인성치료도 가능하고 표현능력도 향상시킬 수 있다는 점을 고려하면 시를 읽는 일은 아무리 강조해도 지나치지 않다고 여겨집니다.

그렇다면 어떤 시를 읽어야 할까요. 우리말로 잘 다듬어진 한국 시를 감상하는 것도 좋지만 유연하고 다양한 사고를 위해 외국 시의 세계에 침잠하는 것을 권장하고 싶습니다.

외국 시를 감상한다는 것은 간단한 일이 아니라고 생각됩니다. 작가의 내면적인 세계에 가까워지려면 그 나라의 언어로 정서와 운율을 느끼지 않으면 안 되기 때문입니다. 이 책에 수록된 일본 시는 근대부터 현대까지를 전체적으로 조망하기 위한 것입니다. 일본 시 문학사에 커다란 족적을 남긴 시인들을 중심으로 이해하기 쉬운 시인들의 대표작을 선택했습니다. 편집순서는 시인의 약력, 시의 원문 소개, 시의 이해를 돕기 위해서 감상 포인트를 실었습니다. 그리고 후반부에는 한국어 번역문을 실었습니다.

시의 번역은 산문의 번역과는 달라서 매우 어려운 작업입니다. 한 단어를 해석하기 위해서 많은 시간을 들이고 어순을 몇 번이고 재배열하고 일본어의 어감을 그대로 전달할 수 있는 한국어를 찾아내기 위해서 품을 들여야 합니다. 여기 실린 한국어 번역이 반드시 옳다고는 볼 수 없습니다. 여러분의 실력으로 원시와 대조해 가며 다시 한 번 정확한 번역을 시도해 보시길 바랍니다.

가능한 한 많은 시를 소개하려고 노력했습니다만, 지면의 관계로 일본 시인의 작품을 의도한 만큼 충분히 소개할 수 없었습니다. 아무쪼록 이 책을 통해 일본근현대시에 관한 궁금증을 부분적으로나마 해소하고, 일본 시에 많은 관심을 가졌으면 합니다.

　마지막으로 불황임에도 저희들의 요구를 받아들여 출판에 기꺼이 어문학사의 관계자분들께 이 장소를 빌려서 깊은 감사의 말씀드립니다.


2016년 12월

**편역자 일동**

## ▓ 차례 ▓

# 高村光太郎(Takamura Kotaro)

(1883. 3. 13 ～ 1956. 4. 2.)

1883년 3월 13일에 태어났으며 본명은 「미쓰타로(光太郎)」라고 읽는다.

일본을 대표하는 조각가이자 화가이기도 했지만 『도정(道程)』 『치에코쇼(智恵子抄)』 등의 유명한 시집을 썼으며 일본 국어 교과서에도 많이 작품이 게재되고 있어 일본 문학사상 근현대를 대표하는 시인으로서 자리매김했다. 평론이나 수필, 단가도 집필했다.

또한 그는 수필가로서도 알려져 있다.

## ● レモン哀歌 ●

そんなにもあなたはレモンを待つてゐた
かなしく白くあかるい死の床で
わたしの手からとつた一つのレモンを
あなたのきれいな歯がかりりと噛んだ
トパアズいろの香気が立つ
その数滴の天のものなるレモンの汁は
ぱつとあなたの意識を正常にした
あなたの青く澄んだ眼がかすかに笑ふ
わたしの手を握るあなたの力の健康さよ
あなたの咽喉に嵐はあるが
かういふ命の瀬戸ぎはに
智恵子はもとの智恵子となり
生涯の愛を一瞬にかたむけた
それからひと時
昔山巓でしたやうな深呼吸を一つして
あなたの機関はそれなり止まつた
写真の前に挿した桜の花かげに
すずしく光るレモンを今日も置かう

레몬애가는 죽음의 바닥에 있던 치에코를 노래한 고타로의 명시이다. 조현병을 앓기 시작한 지 6년이 지나 평범한 사람으로서의 치에코의 영혼은 벌써 정상이 아니었다. 그런 치에코는 당시 불치의 병이라 불리던 결핵도 앓고 있었다. 목 안쪽의 깊은 곳에 숨어 있는 병마, 그것은 숨 쉬는 것조차 어렵게 하는 폭풍우와 같은 존재였다. 숨이 차서 기침을 하고 인간으로서의 영혼을 잃어버리고 만 치에코이지만 작가의 사랑을 받는 인간으로서의 치에코를 죽음의 바닥으로부터 끌어올리고 있다.

# 北原白秋(Kitahara Hakushu)

(1885. 1. 25 ~ 1942. 11. 2.)

일본의 시인, 동요 작가, 와카(和歌) 작가이다. 본명은
기타하라 류키치(北原隆吉). 시, 동요, 단가 이외에도 신민
요 분야에서도 걸작을 남겼다. 생전 많은 시가를 남겨 지금
도 불리는 동요를 다수 발표하였다. 그가 활약했던 시대는
「백로(白露) 시대」라고 불리며, 근대의 일본을 대표하는 시
인이다.

## ● 青いとんぼ ●

青いとんぼの眼を見れば
緑の、銀の、エメロウド、
青いとんぼの薄き翅
橙心草の穂に光る。

青いとんぼの飛びゆくは
魔法つかひの手練かな。
青いとんぼを捕ふれば
女役者の肌ざはり。

青いとんぼの奇麗さは
手に触るすら恐ろしく、
青いとんぼの落つきは
眼にねたきまで憎々し。

青いとんぼをきりきりと
夏の雪駄で踏みつぶす。

감상

　파랑 잠자리의 요염한 아름다움에 아이들 특유의 집요한 공격성이 발동하여 신발로 밟아 잡는 시이다. 남자 아이들이 메뚜기의 다리를 자르거나 사마귀의 머리를 뽑거나 개구리에게 폭죽을 넣어 폭파시키는 그러한 감각을 표현한 것이다. 작자도 어릴 적에는 이러한 일을 꽤 즐긴 것 같다.

## 武者小路実篤(Mushanokoji Saneatsu)

(1885. 5. 12 ~ 1976. 4. 9.)

1885년 5월 12일 현재의 도쿄(東京)에서 태어났다. 일본의 소설가이자 시인으로 극작가와 화가로서 활동하기도 했다.

2세 때에 아버지가 사망했고, 어린 시절에는 작문을 잘하지 못했다.

1906년에는 도쿄제국대학 철학과 사회학전수에 입학했다. 1907년에는 학습원 때 동급생이었던 시가 나오야(志賀直哉)와 기노시타 리겐(木下利玄) 등과 함께 『사십일회(十四日会)』를 조직했다. 같은 해에 도쿄제국대학을 중퇴했다. 1908년, 회람잡지인 『망야(望野)』를 창간했다. 1910년에는 시가 나오야, 아리시마 다케오(有島武郎), 아리시마 이쿠마(有島生馬) 등과 함께 문학잡지인 『백화(白樺)』를 창간했다. 그들은 이것을 중심으로 백화파라고 불렸다.

## ● 一個の人間 ●

自分は一個の人間でありたい。

誰にも利用されない

誰にも頭をさげない

一個の人間でありたい。

他人を利用したり

他人をいびつにしたりしない

そのかはり自分もいびつにされない

一個の人間でありたい。


自分の最も深い泉から

最も新鮮な

生命の泉をくみとる

誰もが見て

これでこそ人間だと思ふ

一個の人間でありたい。

一個の人間は

一個の人間でいゝのではないか

一個の人間。

*

独立人同志が

愛しあい、尊敬しあい、力をあわせる。

それは実に美しいことだ。

だが他人を利用して得をしようとするものは、

いかに醜いか。

その醜さを本当に知るものが一個の人間。

감상

　한 명의 인간으로서 그 존엄함을 소중하게 하지 않으면
안 된다. 그러기 위해서는 타인의 존엄함도 존중할 필요성
이 있다. 세계의 여러 국가도 다른 나라를 인정하고, 이해하
고, 존중하지 않으면 안 된다. 침략 따위는 어리석은 행위
라고 모든 위정자는 마음에 새겨야 한다. 일반 시민이 바라
는 것은 커다란 이상이 아니라 평화로운 사회에서 생활하
는 것이다.

## 萩原朔太郎(Hagiwara Sakutaro)

(1886. 11. 1 ~ 1942. 5. 11.)

군마현(群馬県)에서 태어나고 다이쇼 시대에 근대시의 새로운 지평을 개척해「일본 근대시의 아버지」라고 칭해진다.

1913년에 기타하라 하쿠슈(北原白秋)의 잡지『잔보아(朱欒)』에 처음으로「みちゆき」외 5편의 시를 발표하고 시인으로서 출발해서 거기서 무로 사이세이(室生犀星)와 알게 되어 그와는 평생 가까운 친구로 지냈다. 1916년 봄 무렵부터 자택에서 매주 1회의「시와 음악의 연구회」를 열어서 6월에 무로 사이세이와 함께『感情』을 창간했다. 1918년『感情』에 시 3편을 발표한 후에 마에바시시(前橋市)에서 만돌린 클럽의 연주회를 빈번히 개최해서 마에바시 거주의 시인 와카 작가들과「문예 좌담회」를 마련했다.

# ● 竹 ●

光る地面に竹が生え、
青竹が生え、
地下には竹の根が生え、
根がしだいにほそらみ、
根の先より繊毛が生え、
かすかにけぶる繊毛が生え、
かすかにふるえ。
かたき地面に竹が生え、
地上にするどく竹が生え、
まつしぐらに竹が生え、
凍れる節節りんりんと、
青空のもとに竹が生え、
竹、竹、竹が生え。

감상

　이 작품은 시인의 「대」라는 제목의 시 세 편 중의 하나
이다. 햇빛을 받고 빛나는 땅 위의 대나무는 누구나 발견할
수 있을 것이다. 그러나 이 시인의 눈은 지하로 향하고 있고
햇빛을 받지 못하는 지하의 대나무 뿌리와 잔뿌리가 희미
하게 흔들리는 모습을 묘사하고 있다. 26세 때 여동생에게
보낸 편지에 「삶을 동경하는 마음과 밝은 쪽으로 밝은 쪽으
로 손을 내밀수록 오히려 더더욱 어두운 마음의 바닥으로
떨어져 간다」라고 쓰고 있듯이 늠름하게 수직으로 뻗어 있
는 대나무의 날카롭고 강한 인상과 그 뿌리 끝에서 흔들리
고 있는 잔뿌리는 작가의 내면을 대체하고 있다고 말할 수
있다.

# 室生犀星(Muro Saisei)

(1889. 8. 1 ~ 1962. 3. 26.)

1889년 8월 1일 이시카와현(石川県) 가나자와시(金沢市)에서 태어났다. 시인이자 소설가이다.

1902년 가나자와 시립 나가마치고등학교를 중퇴하고, 가나자와 지방재판소에 사환으로 취직했다. 거기에서 하이쿠를 쓰는 상사를 만나 가르침을 받았다. 신문에 하이쿠를 투고하기 시작해 1904년 10월 8일자 『북국신문(北國新聞)』에 처음으로 게재되었다. 그 후 본격적으로 시, 단가 등을 쓰기 시작했다.

1913년에는 기타하라 하쿠슈(北原白秋)에게 인정받아 그가 주재하는 시집 『잔보아(朱欒)』에 원고를 보냈다. 1916년에는 하기와라 사쿠타로(萩原朔太郎)와 함께 동인지「감정」을 발행했다. 이 동인지는 1919년에 이르기까지 32호가 간행되었다. 또한, 이 시기에는 중앙공론에「유년 시대」,「성에 눈을 뜨는 무렵」 등을 게재하기도 하여 주목받는 작가로 활동하고 있었다.

1929년 초에는 구집(하이쿠를 모아놓은 책)『어면동발구집(魚眠洞発句集)』을 간행했다.

1930년대부터는 많은 소설을 쓰기 시작했는데, 1934년 『시여, 너와 작별한다(詩よ君とお別れする)』를 발표해 시와의 결별을 선언했지만 실제로는 그 후도 많은 시를 썼다.

2차 세계대전이 끝난 후에는 소설가로서 그 지위를 확립하고 많은 작품을 남겼다.

## ● 紙 ●

紙は白い、

紙のなかにもやもやがある

もやもやは雪になる、

雲になる、

雲は夕ばえになり

月映えになる。

紙の向こふが往来になり

人がとほる、

人が咳をする、

人はよい声を立てる、

紙は白い、

しめ忘れた雨戸から、

白い月夜がさし覗く、

紙には奥もなければ

底知れぬといふことはない、

だが

たしかに

紙には奥があり

白い家がならび

人の話声が終日してゐる

ひそひそと囁かれてゐる。

감상

    흰 종이가 눈이 되거나 구름이 되거나 한다. 그리고 구름은 저녁노을이 된다. 종이에는 안쪽이 없지만 종이의 흰 집에는 안쪽이 있어 사람들의 이야기소리가 들리는 것 같다.

## ● よき友とともに ●

心からよき友をかんじることほど
その瞬間ほど
ぴったりと心の合つたときほど
私の心を温めてくれるものはない
友も私も苦しみつかれてゐる
それでゐて心がかち合ふときほど嬉しいときは
ない
まづしい晩食の卓をともにするとき
自分は年甲斐もなく涙ぐむ
いひしれない愛情が湧く
この心持だけはとつておきたくなる
永く 心にとつておきたくなる

감상

「좋은 친구」라는 것은 함께 무엇인가를 열심히 이루려
고 할 때 자연스럽게 형성되는 인간관계이다.

오랜만에 만난 친구와 술잔을 주고 받은 밤. 오랫동안
만나지 못했지만 언제 만나도 언제나 「좋은 친구」인 너에
게 감사한다. 고마워!

## 堀口大学(Horiguchi Daigaku)

(1892. 1. 8 ～ 1981. 3. 15.)

1892년 1월 8일 장남으로서 태어났다. 다이가쿠(大学)라는 이름은 출생 당시에 아버지가 대학생이었던 것과 출생지가 도쿄 제국대학의 근처인 것에서 유래했다. 메이지시대부터 쇼와시대에 걸쳐 시인이자 와카 작가, 동시에 프랑스 문학자로 활동했다. 번역한 시집이 3백 권을 넘으며 일본의 근대시에 커다란 영향을 미쳤다.

## • 夕ぐれのときはよい時 •

夕ぐれの時はよい時。
かぎりなくやさしいひと時。

それは季節にかかはらぬ、
冬なれば暖炉のかたはら、
夏なれば大樹の木かげ、
それはいつも神秘に満ち、
それはいつも人の心を誘ふ、
それは人の心が、
ときに、しばしば、
静寂を愛することを、
知ってゐるもののやうに、
小声にささやき、小声にかたる……

夕ぐれの時はよい時
かぎりなくやさしいひと時。

若さににほふ人々の為めには、

それは愛撫に満ちたひと時、

それはやさしさに溢れたひと時、

それは希望でいつぱいなひと時、

また青春の夢とほく

失ひはてた人々の為めには、

それはやさしい思ひ出のひと時、

それは過ぎ去つた夢の酩酊、

それは今日の心には痛いけれど、

しかも全く忘れかねた

その上の日のなつかしい移り香。


夕ぐれの時はよい時、

かぎりなくやさしいひと時。


夕ぐれのこの憂鬱は何所から来るのだらうか?

だれもそれを知らぬ!

(おお! だれが何を知つてゐるものか?)

それは夜とともに密度を増し、
人をより強き夢幻へとみちびく……

夕ぐれの時はよい時、
かぎりなくやさしいひと時。

夕ぐれ時、
自然は人に安息をすすめるやうだ。
風は落ち、
ものの響は絶え、
人は花の呼吸をきき得るやうな気がする、
今まで風にゆられてゐた草の葉も
たちまちに静まりかへり、
小鳥は翼の間に頭をうづめる……

夕ぐれの時はよい時、
かぎりなくやさしいひと時。

해질녘은 좋은 시간, 한없이 상냥한 시간. 이 두 줄은 먼저 첫머리에 나타난다. 이 시에서 다섯 번 정도 반복되어 언급되는 구이지만 이 단순한 두 줄 안에 시의 키워드가 담겨 있다. 「해질녘은 좋은 시간」이라고 대강의 개념을 말한 뒤에 그 「좋은 시간」을 좀 더 자세하게 「한없이 상냥한 시간」이라고 한정적으로 걸러내어 마치 뒤를 쫓아가서 확인하는 것처럼 표현하고 있다. 「좋은 시간」의 좋은 점을 「상냥한 시간」으로 독자에게 생각할 틈조차 주지 않고 한정한 뒤에 그것이 정말 짧은 「한때」에 지나지 않는 시간임을 전하고 있다.

## 尾崎喜八(Ozaki Kihachi)

(1892. 1. 31 ~ 1974. 2. 4.)

1892년 1월 31일에 태어났다. 현재의 도쿄도(東京都) 출신이다. 일본의 시인이자 수필가이며 번역가이다.

쓰키지(築地) 초등학교, 게이카상업학교를 졸업한 후에도 독학을 계속했다. 23세에 다카무라 코타로, 무샤노코지 사네아쓰(武者小路実篤)를 알아, 백화파의 이상주의의 영향을 받아 시를 쓰기 시작했다. 또 로망·롤랑이나 엑톨·베를리오즈 등의 번역을『백화(白樺)』에 연재했다. 그 후 시, 수필을 번역하는 일로서 편지 왕래가 있던 롤랑, 헬만·헤세를 시작해 라이너·마리아·릴케, 모리스·메텔링크·샤를르·비르드락크·조르쥬·듀아멜 등 존경하는 외국 작가의 번역이 있다. 게다가 가타야마 도시히코·다카다 히로아쓰등과 문예잡지『대가도(大街道)』를 창간하여『동방(東方)』을 자비 간행했다. 동인잡지로는『생명의 강(生命の河)』『징(銅鑼)』『역정(歷程)』등에 참여했다. 2차 세계대전 이전부터 전쟁이 끝난 직후까지 도쿄 교외에 문화적 반농 생활을 영위했지만 쇼와 21년부터 가족과 함께 나가노현으로 이주했다.

# ● 道づれ ●

君と僕とが向ひあつてゐる此処から、
深い静かな夏の空の一角が見える。
おなじ深い静かなものが
此頃の互の友情を支配してゐるのを僕等も知つ
ている。

肩をならべて歩きながら、花を摘んでは渡すや
うに、
たがひの思想を打明けあふ。
それは未だいくらか熟すには早いが、
それだけ新しくて、いきいきして、
明日の試練には耐へさうだ。

君の思想が僕の心の谷間へながれ、
僕の発見が君の頭脳の峯を照らす。

君と僕とを全く他人だつた昔へ返して、

ここまで来た今日を考へるのはいい。

そして僕等が遂に沈黙する夕べが来たら、

肩をならべてゐるだけで既に充分な夕べが来た

ら

晩い燕の飛んでゐる町中の

婆娑とした葉むらの下を並木の道に沿つて行か

う、

明日につづく道の上を遠く夜のはうへ曲つて行か

う。

너와 나는 서로 생각을 이야기하면서 함께 걷고 있다. 옛날은 타인이었지만 지금은 둘 사이에 우정이 싹텄다. 둘은 이야기가 필요할 때는 이야기를 주고 받으며 필요 없을 때는 침묵하면서 서로를 이해하는 시간을 갖고자 한다.

# 宮沢賢治(Miyazawa Kenji)

(1896. 8. 27 ~ 1933. 9. 2.)

일본의 시인, 동화 작가이다. 고향인 이와테를 무대로 한 작품을 썼고 작품 중에 등장하는 가공의 이상향에 이와테를 모티브로 하여 이하토브라고 명명했다.

생전에 간행된 것은 『봄과 수라(春と修羅)』(시집)과 『주문이 많은 요리점(注文の多い料理店)』(동화집)뿐이었기 때문에 무명이었지만 사후에 구사노 신페이(草野心平) 등의 진력에 의해 작품이 알려지게 되면서 세간에서의 평가가 급속도로 높아져 국민적 작가가 되었다.

## ● 雨ニモマケズ ●

雨ニモマケズ

風ニモマケズ

雪ニモ夏ノ暑サニモマケヌ

丈夫ナカラダヲモチ

慾ハナク

決シテ瞋ラズ

イツモシヅカニワラッテヰル

一日ニ玄米四合ト

味噌ト少シノ野菜ヲタベ

アラユルコトヲ

ジブンヲカンジョウニ入レズニ

ヨクミキキシワカリ

ソシテワスレズ

野原ノ松ノ林ノ蔭ノ

小サナ萱ブキノ小屋ニヰテ

東ニ病気ノコドモアレバ

行ッテ看病シテヤリ

西ニツカレタ母アレバ

行ッテソノ稲ノ束ヲ負ヒ

南ニ死ニサウナ人アレバ

行ッテコハガラナクテモイヽトイヒ

北ニケンクヮヤソショウガアレバ

ツマラナイカラヤメロトイヒ

ヒデリノトキハナミダヲナガシ

サムサノナツハオロオロアルキ

ミンナニデクノボートヨバレ

ホメラレモセズ

クニモサレズ

サウイフモノニ

ワタシハナリタイ

南無無辺行菩薩

南無上行菩薩

南無多宝如来

南無妙法蓮華経

南無釈迦牟尼仏

南無浄行菩薩

南無安立行菩薩

감상

이 작품은 겐지(賢治) 의 사후에 발표된 유작이다.

겸허하고 자기희생의 정신을 가진 사람을 동경하는 미야자와 겐지(宮沢賢治)의 이상향을 쓴 것이라고 한다. 자신만을 생각하는 것이 아닌 다른 사람을 배려하며 살아가는 훌륭함을 지금의 세상에서는 보기 힘들다.

## ● 林と思想 ●

そら ね ごらん

むかふに霧に濡れてゐる

茸のかたちのちいさな林があるだろう

あすこのとこへ

わたしのかんがへが

ずゐぶんはやく流れて行つて

みんな

溶け込んでゐるのだよ

こゝいらはふきの花でいつぱいだ

감상

　이것은 자연과 자신이 하나라는 것 즉, 저쪽의 숲은 자신을 표현한 것이다. 이것이야말로 법화경이나 불교에서 말하는 얽매임에서 벗어난 자각체험(깨달음)을 통해 얻은 자신의 진짜 모습이다. 자신을 구속하고 있는 것들에서 벗어나게 되면 모든 것이 자기자신이 된다. 남 역시 자기자신이 된다. 그것을 도우겐 선사(道元禪師)는 「타당신(他己)」이라고 한다. 자타일여(自他一如)이다.

## 八木重吉(Yagi Jukichi)

(1898. 2. 9 ~ 1927. 10. 26.)

1898년 2월 9일 현재의 도쿄도(東京都)에서 태어났다. 일본의 시인이다.

가나가와현 사범학교(神奈川県師範学校)에 다닐 때부터 교회에 다니게 되어 1919년에는 고마고메 기독교회(駒込基督会)에서 도미나가 도쿠마(富永徳磨) 목사로부터 세례를 받았다. 1921년에 장래의 아내가 될 여성과 만났다. 이때부터 단가나 시를 쓰기 시작해 다음 해에 결혼한 후 본격적으로 시를 썼다. 1923년 초부터 6개월에 걸쳐 직접 만든 시집을 수십 권 편찬할 정도의 다작을 했다. 1925년에는 간행 시집으로서는 처음인『가을의 눈동자(秋の瞳)』를 간행했다.

29세 젊은 나이에 죽었다. 5년 여의 짧은 시간에 쓴 시는 2,000편을 훌쩍 넘는다.

● 葉 ●


葉よ

しんしんと

冬日が むしばんでゆく

おまえも

葉と 現ずるまでは

いらいらと さぶしかったろうな


葉よ

葉と 現じたる

この日 おまえの 崇厳


でも、葉よ

いままでは さぶしかったろうな

감상

「おまえも」「おまえの」이라고 하는 표현, 이것은 친밀감을 담고 동료를 향하는 말이다.「さぶしかったろうな」(さびしかっただろうな)이라고 하는 말을 걸어도 똑같이 상대에게 마음이 있는 것으로서 파악하고 있는 것을 나타내고 있다.

잎에 말을 걸고 있다. 겨울날 상처받아 지금 그 생명을 끝내려 하는 잎을 향해 지금까지 지내온 과거를 반추하며 위로해준다.「葉と 現ずるまでは」이라고 하는 표현에는 잎으로서의 일생보다 한층 더 전에, 잎이 되기 이전의 순간에 주목하고 있음을 알 수 있다. 단 한 장의 잎에 머무는 생명! 그것은 단지 그 잎만의 것이 아니고 훨씬 길게 계승해 온 생명에 관한 경외심이다. 그 생명이 잎으로서의 형태를 갖기까지의 방황이나 외로움을 배려하고 있다.

## 嵯峨信之(Saga Nobuyuki)

(1902. 4. 18 ~ 1997. 12. 28.)

---

1902년 4월 18일 미야자키현(宮崎県)에서 태어났다. 일본의 시인이다.

다카나와 고등학교를 중퇴했고, 하기와라 사쿠타로에게 시를 배웠다. 21세 때 문예춘추에 취직하여 시 쓰는 것을 중단했다. 2차 세계대전 후에 전문지인『시학(詩学)』(시학사)의 편집장이 되었다. 1957년에『사랑과 죽음의 숫자세기 노래(愛と死の数え唄)』과『영혼 안의 죽음(魂の中の死)』등을 간행했다. 가장 대표적인 시는『히로시마 신화(ヒロシマ 神話)』이다.

---

## ● 死の唄 ●

ふいに死がやってきて最後の孤独を手渡す

深い沈黙のうえに星は消えてしまう

もうたれのでもなくなった時間が死者からたち
のぼる

実在のなかに姿をかくしていたものが

いま現われてたれからも遠くへたちさる

夕ぐれ白樺の幹からそっと泉へ消えていくもの
と同じものが

言葉となるものが

頭蓋のなかから蜂のように流れでようとして凋
んでいる

死が早すぎたので急に冷えてしまったのだろう

ひとりでに扉がひらいてまた閉まる

ああ 自分からなにか去っていくのを感じるのは

なんという怖ろしいことだろう

감상

　인생이 아니라 인생을 초월해 죽음과 대면하고 있는 것을 느끼게 하는 시이다.

　사람은 언젠가 반드시 죽는다. 죽음을 피할 수 없다.

　죽음과 마주한 것에 생이 있다. 그리고 죽음과 생은 늘 동전의 양면과 같이 공존한다.

## 金子みすゞ(Kaneko Misuzu)

(1903. 4. 11 ~ 1930. 3. 10.)

다이쇼시대 말기부터 쇼와시대 초기에 활약한 일본 동
요 시인이다. 본명은 가네코 데루(金子テル). 26세의 젊은
나이에 세상을 떠나기까지 500여 편의 시를 썼다.

동요 시인으로서 많은 시를 남겼다. 모든 작품이 어린
이를 대상으로 쓰여졌다고는 하지만 어른도 충분히 감상할
수 있는 작품들이다.

## ● 草原の夜 ●

ひるまは牛がそこにいて、
青草をたべていたところ。
夜ふけて、
月のひかりがあるいてる。
月のひかりのさわるとき、
草はすっすとまた伸びる、
あしたもごちそうしてやろと。
ひるま子供がそこにいて、
お花をつんでいたところ。
夜ふけて、
天使がひとりあるいてる。
天使の足のふむところ、
かわりの花がまたひらく、
あしたも子供に見せようと。

감상

　전반은 달이 소를 위해 풀을 길러 먹이려고 하는데 작자가 달이 되어 있다.

　후반은 아이를 위해 꽃을 또 피우려고 천사가 들판을 걷는다. 마치 미스즈 씨가 천사가 된 것 같은 느낌을 주는 시이다.

　'풀이 자라는 것은 달님의 덕분.'

　'꽃이 피는 것은 천사의 덕분.'이라는 표현이 인상적이다.

## ● 私と小鳥と鈴と ●

私が両手をひろげても、
お空はちっとも飛べないが、
飛べる小鳥は私のように、
地面を速く走れない。
私がからだをゆすっても、
きれいな音は出せないけれど、
あの鳴る鈴は私のように、
たくさんな唄は知らないよ。
鈴と、小鳥と、それから私、
みんなちがってみんないい。

**감상**

　모두 달라서 모두 좋다. 당신은 당신인 대로가 좋다고 말해주는 것 같아 행복한 기분이 든다. 어쩜 이렇게 멋진 말을 우리에게 남겨주었을까.

## サトウハチロー(Sato Hachiro)

(1903. 5. 23 ~ 1973. 11. 13.)

일본의 시인, 동요 작사가, 작가이다. 본명은 사토 하치로(佐藤八郎)이다.

어머니를 향한 마음 등을 노래한 서정적인 작풍으로 알려져 2만에 이르는 시들 중 3천 작품이 어머니에 관한 시이다. 이런 작풍과는 반대로 사생활은 방탕했고 기행이 많았다. 하치로는 초등학생 시절부터 불량소년으로 친어머니에게 애정을 쏟은 적은 없으며, 작품에 표현되고 있는 「어머니를 향한 마음」은 픽션에 불과하다. 그러나 아버지의 고향 아오모리현(靑森県)에는 살면서 단 한 번밖에 방문하지 않은 것에 반해 어머니의 고향인 센다이시(仙台市)를 방문한 것은 50번이 넘는다.

## ● 美しく自分を染めあげて下さい ●

赤ちゃんのときは白

誰でも白

どんな人でも白

からだや心が

そだって行くのといっしょに

その白を

美しく染めて行く

染めあげて行く


毎朝 目がさめたら

きょうも一日

ウソのない生活を

おくりたいと祈る

夜 眠るときに

ふりかえって

その通りだったら

ありがとうとつぶやく

ひとにはやさしく
自分にはきびしく
これをつづけると
白はすばらしい色になる
ひとをいたわり
自分をきたえる
これが重なると
輝きのある色になる

なにもかも忘れて
ひとのために働く
汗はキモチよく蒸発し
くたびれも　よろこびとなる
こんな日のひぐれには

母の言葉が耳にすきとおり
父の顔が目の中で
ゴムマリみたいに　はずむ

生れてきたからには
よき方向へすすめ
からだや心を大きくするには
よき道をえらべ
横道はごめんだ　おことわりだ
いそがずに　ちゃくちゃくと
自分で自分を
美しく　より美しく　染めあげて下さい

감상

「아기 때는 흰색」이란 것은 어떤 의미일까?

「타인에게는 상냥하고 자신에게는 엄격하게」「타인을 위로하고 자신을 단련한다」라고 하는 작가의 말에 담긴 생각은 무엇일까?

흰색을 「빛이 나는 색」으로 바꾸기 위해서는 어떻게 하면 좋을까?

## ● タイミングがいいんです ●

タイミングが いいんです
格子をあけて 家へとびこみ
茶の間の襖をあけると
「ハイ おやつ」とさしだすんです
すべてこれなんです

そうして そして
こっちが何かで泣きだしそうになると
パッと両手をひろげてくれるんです
だから かあさんの胸に顔をうずめるんです

감상

　어머니는 언제나 상냥하게 대해 준다. 배가 고팠을 때에는 살그머니 간식을 내밀어 주고 슬퍼서 울고 싶을 때에는 양손을 펼쳐 꼭 껴안아 준다. 엄마는 나의 기분을 헤아리고 내 마음의 버팀목이 되어 준다.

## ● よそ行きの顔はきらい ●

雑草が好きなんです
よそ行きの顔をしていないからです
とりすましたところがないからです
勝手気ままにしているからです

ひめむかしよもぎ
おーばこ かやつり草
むらがって はびこってるはこべ
みんな気に入っているんです

花をつけても ちいさいちいさい花
それが又性に合うんです
どぶのふちの露草なんか
顔をあわせるたんびに「やァこんちわ」です

雑草が好きなんです
せいいっぱい生きているからです
おもいおもいに伸びようとしているからです
それにそれに 何より丈夫だからです

감상

　　모두들 겉보기에 화려한 장미와 같은 꽃을 좋아하겠지만 나는 모두가 보지 않는 곳에서 필사적으로 살아남는 잡초가 좋다. 남의 시선이나 남이 정한 기준에 얽매이지 않는, 꼭 무언가를 이뤄야만 하는 것은 아니라고 작가는 말하고 있는 것 같다. 하지만 이 시가 진짜 말하고 싶은 것은 「무엇보다 튼튼하기 때문에」라는 구절에 있는지도 모른다. 작가는 꽃을 좋아하지만 관리를 잘못하기 때문에 잡초를 기르려는 것은 아닐까. 작가는 의외로 이런 말을 돌려서 말하는 조금 특이한 사람일지도 모른다.

## 中原中也(Nakahara Chuya)

(1907. 4. 29 ~ 1937. 10. 22.)

1907년 4월 29일, 현재의 야마구치시(山口市)에서 장남으로 태어났다.

일본의 시인이자 와카 작가, 번역가이다. 젊은 나이에 세상을 떠났으나 350편 이상의 시를 남겼고, 일부는 나카하라 츄야(中原中也) 자신이 편찬한 시집 『염소의 노래(山羊の歌)』 『옛추억의 노래(在りし日の歌)』에 수록되어 있다. 또한, 『랭보 시집(ランボオ詩集)』을 번역하여 출판하는 등 프랑스 작가의 작품을 일본어로 번역하기도 했다.

## • 生ひ立ちの歌 •

I

幼年時

私の上に降る雪は

真綿のやうでありました

少年時

私の上に降る雪は

霙のやうでありました

十七 – 十九

私の上に降る雪は

霰のやうに散りました

二十 – 二十二

私の上に降る雪は

雹であるかと思はれた

二十三

私の上に降る雪は

ひどい吹雪とみえました

二十四

私の上に降る雪は
いとしめやかになりました……


II

私の上に降る雪は
花びらのやうに降つてきます
薪の燃える音もして
凍るみ空の黝む頃


私の上に降る雪は
いとなよびかになつかしく
手を差伸べて降りました


私の上に降る雪は
熱い額に落ちもくる
涙のやうでありました

私の上に降る雪に
いとねんごろに感謝して、神様に
長生したいと祈りました

私の上に降る雪は
いと貞潔でありました

감상

　이 시에서는 작가 자신의 이력을 정리하여 분명하게 하고 있다. 작가가 시인으로서의 태도 등을 말하는 자리에는 기회가 있으면 참여해 말했겠지만, 그 시도 그때 말하던 흐름 중의 하나일 것이다. 이 시에서는 자신의 이력을 「내 위에 내리는 눈은」이라고 눈의 형태와 그 변해가는 모습에 빗대어 표현하고 있다. 눈이라는 소재는 은유의 대상이다. 이 시에서 눈은 수사학 등의 기술을 뽐내기 위해 이용된 도구가 아니라 작가의 시를 구성하고 있는 골격과 그 위에 붙은 살과 같은 것의 일종이라고 해석해야 할 것이다.

## ● 骨 ●

ホラホラ、これが僕の骨だ、
生きていた時の苦労にみちた
あのけがらはしい肉を破つて
しらじらと雨に洗はれ、
ヌックと出た、骨の尖。

それは光沢もない
ただいたづらにしらじらと、
雨を吸収する、
風に吹かれる、
幾分空を反映する。

生きてゐた時に、
これが食堂の雑踏の中に、
坐つてゐたこともある、
みちばのおしたしを食つたこともある、
と思へばなんとも可笑しい。

ホラホラ、これが僕の骨……

見ているのは僕?　可笑しなことだ。

霊魂はあとに残つて、

また骨の処にやつて来て、

見てゐるのかしら?


故郷の小川のへりに

半ば枯れた草に立つて

見てゐるのは、……僕?

恰度立札ほどの高さに、骨はしらじらととんがつて

ゐる。

감상

　사람은 죽은 후의 자신을 볼 수 없다. 이미 죽은 자신의 모습을 보는 것은 불가능하다. 죽어버린 자신의 육체를 볼 수 있는 방법은 없다. 자신의 시체는 볼 수 있는 것이 아니다. 하지만 자신의 뼈를 보았다. 고향의 냇가 근처의 마른 풀 안에 서 있다가 팻말과 비슷한 높이에 있는 자신의 뼈를 본 것이다. 뭐라고 써 있는 팻말이었을까? 팻말의 높이는 자신의 키와 비슷한 정도였을까? 그것은 가슴까지 오는 정도의 높이였다. 살아있을 때 더럽혀진 살은 이미 사라졌고 뼈만 남아 비에 씻겨지고 모든 것을 드러내고 있다. 이것이 정말 붐비는 식당에 앉아 좋아하는 나물 무침을 먹곤 하던 자신이었을까? 어째서 자신은 자신의 뼈를 보고 있었던 것일까? 이상하기만 하다. 유령이라도 보았던 것은 아닐까.

## ● 汚れつちまつた悲しみに…… ●

汚れつちまつた悲しみに
今日も小雪の降りかかる
汚れつちまつた悲しみに
今日も風さへ吹きすぎる

汚れつちまつた悲しみは
たとへば狐の革裘
汚れつちまつた悲しみは
小雪のかかつてちぢこまる

汚れつちまつた悲しみは
なにのぞむなくねがふなく
汚れつちまつた悲しみは
倦怠のうちに死を夢む

汚れつちまつた悲しみに
いたいたしくも怖気づき
汚れつちまつた悲しみに
なすところもなく日は暮れる……

감상

　이 시를 읽고 나서 세게 얻어맞은 것 같은 착각이 들었다. 7·5조의 멜로디가 가랑눈이 내리는 거리의 밤, 저 밑으로 나를 유혹하여 반복되는 슬픔의 세계로 빨려들어가게 한다. 지금 나는 엎드린 채 한쪽 뺨은 땅에 닿게 하고 다른 한쪽 뺨은 가랑눈을 맞고 있다. 이 시는 그 자세로 노래하는 것 같은, 마치 신음소리와 같은 하지만 웃음이 섞여있는 것 같기도 하다. 밤으로 향하는 해질녘에 지평선의 가장 낮은 곳에서부터 나는 것 같은 목소리가 7·5조로 되살아난다.

　더럽혀진 슬픔이란 무엇일까? 슬픔이 더럽혀져 있다는 의미일까? 아니면 이미 더럽혀진 것이 슬프다는 의미일까? 정답은 알 수 없지만 읽다보면 어느샌가 더럽혀진 슬픔이라는 단어 자체에 친숙해져 있는 자신을 발견하게 된다.

　이 시의 어딘가에는 낯설지 않은 무언가가 있다. 깊은 슬픔이나 고독, 혹은 참을 수 없는 분노. 어딘가 자신의 것과 닮아 있는 감정들이 있다. 「더러워져 버린 슬픔」이라는 시는 그런 감정을 느끼는 모든 사람에게 잊히지 않는 시가 될 것이다.

## 柴田トヨ(Shibata Toyo)

(1911. 6. 26 ~ 2013. 1. 20.)

1911년 도치기현(栃木県) 도치기시(栃木市) 출생. 유복한 미곡상에서 태어났지만 10대째에 가세가 기울어 행랑살이를 하다가 30대에 결혼했다. 출산 후, 60대에는 우쓰노미야시(宇都宮市)로 주거지를 옮겼다. 외아들의 권유로 쓰기 시작해 모아 두었던 시를 2009년 10월에 자비로 출판했다. 그 후 아스카 신사가 내용을 추가, 장정(裝幀)을 변경하여 새롭게 출판했다. 시를 쓰기 시작한 것은 92세였다.

## ● くじけないで ●

ねえ 不幸だなんて
溜息をつかないで

陽射しやそよ風は
えこひいきしない

夢は
平等に見られるのよ

私 辛いことが
あったけれど
生きていてよかった

あなたもくじけずに

감상

'괴롭다'는 감정은 정확하게 설명하기 어려운 감정이다. 어느 순간 괴롭다는 사실을 알아차렸을 때는 이미 늦은 때가 있고, 예기치 못한 재해 등으로 갑작스럽게 괴로워지기도 한다. 늘 생각하는 것이지만 우리의 인생에는 괴로운 일이 더 많다. 그렇기 때문에 우리는 파랗게 빛나는 하늘을 올려다보아야 하고, 따뜻한 태양을 향해 미소지으며 작은 꽃들에게 작게 속삭일 줄 아는 여유가 필요하다. 괴로운 일이 더 많은 세상이지만 주위에는 항상 그런 아름다운 것들도 있다는 사실을 잊어서는 안 된다.

다시 떠올리고 싶지 않을 만큼 괴로운 시기도 있었지만, 그래도 지금을 살고 있는 이유는 그 시기를 견뎌냈기 때문이다. 파랗게 빛나는 하늘과 따뜻한 태양, 그리고 작은 꽃들이 그 시기를 견뎌낼 수 있게 해주었기 때문이다. 아직도 무엇을 위해서 사는 것인지는 알 수 없지만 지금 이렇게 살아가고 있는 것 자체가 인생에 대한 하나의 해답이 되지 않을까 생각한다.

## ● ことば ●

何気なく
言った ことばが
人を どれほど
傷つけていたか
後になって
気がつくことがある

そんな時
私はいそいで
その人の
心のなかを訪ね
ごめんなさい
と 言いながら
消しゴムと
エンピツで
ことばを修正してゆく

감상

말은 무엇보다도 중요하다.

말에는 신이 깃들어 있다고 한다.

이 시를 한 사람이라도 더 많이 읽었으면 좋겠다.

이 시를 모든 사람이 읽어 주었으면 한다.

## 中桐雅夫(Nakagiri Masao)

(1919. 10. 11 ~ 1983. 8. 11.)

1919년 10월 11일, 후쿠오카현(福岡県)에서 태어났다. 일본의 시인이자 번역가이다.

1939년 영작문과 교련시간의 출석이 부족하여 효고현립 고베고등상업학교에서 진급이 불가능하게 되었다. 그 후 효고현립 고베고등상업학교를 중퇴하고 가출해 상경했다.

일본대학 예술 학과에 중도 입학하여 졸업한 뒤 요미우리 신문의 정치부 기자로서 일하기도 했다.

시를 위한 잡지인 『Le Bal』을 주최해 다무라 류이치(田村隆一)와 알게 되었다. 2차 세계대전 이후에는 다무라 류이치, 아유카와 노부오(鮎川信夫), 구로다 사부로(黒田三郎)와 『황무지(荒地)』를 설립했다. 후에 『역정(歴程)』에도 참가했다. 미스테리와 SF를 번역하면서 영국 모더니즘 시인인 W.H.오덴을 번역하고, 시를 쓰기도 하며 대학에서 영문학 교사로서 활동했다.

## ● ちいさな遺書 ●

わが子よ、わたしが死んだ時には思いだしてお
くれ、
酔いしれて何もかもわからなくなりながら、
涙を浮べて、お前の名を高く呼んだことを、
また思い出しておくれ、恥辱と悔恨の三十年に
堪えてきたのはお前のためだったことを。

わが子よ、わたしが死んだ時には忘れないでお
くれ、
二人の恐怖も希望も、慰めも目的も、
みなひとつ、二人でそれをわけあってきたこと
を、
胸にはおなじあざを持ち、また
おなじ薄い眉をしていたことを忘れないでおく
れ。

わが子よ、わたしが死んだ時には泣かないでお
くれ、

わたしの死はちいさな死であり、
四千年も昔からずっと死んでいた人がいるのだから、
ら、
泣かないで考えておくれ、引出しのなかに
忘れられた一個の古いボタンの意味を。

わが子よ、わたしが死んだ時には微笑んでおくれ、
れ、
わたしの肉体は夢のなかでしか眠れなかった、
わたしは死ぬまでは存在しなかったのだから、
わたしの屍体は影の短い土地に運んで天日にさらし、
し、
飢えて死んだ兵士のように骨だけを光らせておくれ。
くれ。

감상

　자신의 아이에게 유서를 남기고 있다. 거기에는 울지 않고 생각했으면 좋겠다. 「서랍 속에서 잊혀진 낡은 단추의 한 개의 의미」라고 기록되어 있다. 긴 세월을 살아오며 영고성쇠를 함께 한 단추의 의미를 생각하라고 아직 서른 살의 아버지가 말한다. 그 아버지는 어떤 영고성쇠를 겪어 온 것일까? 「내가 죽거늘 웃으며 보내 달라」라는 한마디로 「나」에게 찾아올 죽음이 아무것도 아닌 것처럼 전하고 있다.

　가혹한 운명을 맞이한 시이지만 읽다 보면 굉장히 상쾌한 기분마저 든다. 시의 곡조가 기분 좋게 울리고 있는 탓일까? 카타르시스라고 하는 것은 이처럼 기분 좋은 울림을 말하는 것일지도 모른다.

## 関根弘(Sekine Hiroshi)

(1920. 1. 31 ~ 1994. 8. 3.)

도쿄(東京)출생. 스미다구(墨田区) 제2데라지마 초등학교(第二寺島小学校)졸업.「시행동(詩行動)」,「열도(列島)」에 참가. 명확한 방법의식에 의하여 좌익시의 틀을 벗어난 새로운 영역을 개척했다. 시집『그림숙제(絵の宿題)』,『약속한 사람(約束したひと)』,『아베사다(阿部定)』,『기이한 행보(奇態な一歩)』,『소설요시하라(小説吉原志)』,『자기 장소의 발견(自分の場所の発見)』,『아사쿠사콜렉션(浅草コレクション)』

## ● 奇態な一歩 ●

ぼくの腎臓は病院へ逃げていってしまったので
週三回、こちらから腎臓に
会いにいかねばならぬ
煩わしいことだが
毎日、通勤している人のことを思えば
これ位のこと忍耐せねばなるまい

はじめは透析針がうまく刺さらなくて
何度も痛い思いをしたが
もっと痛い運命の人のことを考え
目をつむった
やがて周囲がみえてくると
仲間が何人もベッドに枕を並べている
自分一人で世界の不幸を
背負った気になるのは早すぎた

一風呂浴びたような顔して
帰っていくものがいる
あんな風にぼくもなれるだろうか
生まれ変わることはできない
でも新しく生きはじめたような気がする

감상

　과거에 투쟁의 에너지가 넘쳤던 사회파투사가 연령과 병을 극복하지 못한 채, 나약해졌다고 한탄하는 것은 너무 안이한 태도이다.

　원래 다정과 고독을 숨기고 있던 시인이, 병과 고통스러운 운명을 통하여 자기를 다시 바라보고, 자기와 관련 있는 사람들에 대해서도 솔직하게 마음을 열게 한 행보로 이해해야 할 것이다.

## • この部屋を出てゆく •

この部屋を出てゆく
ぼくの時間の物指しのある部屋を

書物を運びだした
机を運びだした
衣物を運びだした
その他ガラクタもろもろを運びだした
ついでに恋も運びだした

時代おくれになつた
炬燵や
瀬戸火鉢
を残してゆく
だがぼくがかなしいのはむろん
そのためじやない

大型トラックを頼んでも
運べない思い出を
いっぱい残してゆくからだ

がらん洞になつた部屋に
思い出をぜんぶ置いてゆく
けれどもぼくはそれをまた

かならず
とりにくるよ
大家さん!

## 감상

　최종의 4행에 작품의 핵심이 있고, 시인의 정이 담겨 있음을 볼 수 있다. 사랑이라는 것은 잡동사니와 함께 나를 수 있지만 추억이라는 것은 대형트럭도 운반할 수 없다는 대비가 감동을 준다. 자기 집을 소유하지 못한 채 이사해야 하는 사람의 슬픔을 엿볼 수가 있다.

## 石垣りん(Ishigaki Rin)

(1920. 2. 21 ~ 2004. 12. 26.)

도쿄(東京) 미나토구(港区) 아카사카에서 태어났다. 일찍 사회에 나와 자립할 것을 목표로 고등소학교(高等小学校) 졸업 후에 일본흥업은행(日本興業銀行)에 입사해 정년을 맞을 때까지 근무한다.

『은행시집(銀行の詩集)』에 시를 실어 인정받게 된다. 저서로는『내 앞에 있는 냄비와 솥과 타오르는 불과(私の前にある鍋とお釜と燃える火と)』,『문패 등(表札など)』,『이시가키린시집(石垣りん詩集)』,『약력(略歴)』,『현대시인(現代の詩人)5 이시가키린(石垣りん)』,『상냥한 말(やさしい言葉)』등이 있다.

## ● シジミ ●

夜中に目をさました。
ゆうべ買つたシジミたちが
台所のすみで
口をあけて生きていた。

「夜が明けたら
ドレモコレモ
ミンナクツテヤル」

鬼ババの笑いを
私は笑つた。
それから先は
うつすら口をあけて
寝るよりほかに私の夜はなかつた。

부엌의 한쪽 구석에 둔 어제 사온 바지락을 아침이 되면 모두 먹어버린다. 내가 살기 위해서는 바지락과 같이 살아 있는 무언가를 죽이고 먹지 않으면 안 된다. 그것이 바로 삶이다. 벗어나고 싶어도 이 숙명의 굴레는 끊을 수 없다.

● 土地・家屋 ●

ひとつの場所に
一枚の紙を敷いた。

ケンリの上に家を建てた。

時は風のように吹きすぎ

地球は絶え間なく回転しつづけた。

不動産という名札はいい、
「手に入れました」
という表現も悪くない。
隣人はにつこり笑い。
手の中の扉を押してはいつて行った。

それつきりだつた
あかるい灯がともり
夜更けて消えた。

ほんとうに不動なものが
彼らを迎え入れたのだ。

どんなに安心したことだろう。

감상

마치 잘된 연극의 한 장면을 보고 있는 듯한 시이다. 빠른템포의 빠른 전개는 독자에게 강한 인상을 남기고 있다.

토지나 가옥을 부동산이라고 말하고 있지만, 문서나 권리상으로 보증되는 것일 뿐이어서 「바람처럼 스쳐 지나가는 것으로」 표현하고 있다.

그렇다면 「진정으로 움직이지 않는 것」이란 무엇인가? 진정한 부동(不動)은 죽음밖에 없다. 죽음이야말로 불안도 행복도 불행도 없는 것이다.

# ● 表札 ●

自分の住むところには
自分で表札を出すにかぎる。

自分の寝泊りする場所に
他人がかけてくれる表札は
いつもろくなことはない。

病院へ入院したら
病室の名札には石垣りん様と
様が付いた。

旅館に泊つても
部屋の外に名前は出ないが
やがて焼場の鑵にはいると
とじた扉の上に
石垣りん殿と札が下がるだろう
そのとき私がこばめるか?

様も

殿も

付いてはいけない、

自分の住む所には
自分の手で表札をかけるに限る。

精神の在り場所も
ハタから表札をかけられてはならない
石垣りん
それでよい。

감상

이 시는 문패라는 상징물로써 어디에도 소속하고 싶지 않다는 작가의 생각을 극명하게 표현하고 있다.

타인이 걸어준 表札은 제대로 된 것은 없다. 表札이라는 것은 타인과의 관계를 나타내고, 그 타인과의 관계가 변하면 명칭도 홀연히 사라지게 된다. 그러므로 타인이 걸어준 表札은 거짓에 지나지 않는다. 나아가 작가는 남성의 학력, 인간관계를 냉철하게 비판하고 있는 것으로도 보인다.

# 清岡卓行(Kiyooka Takayuki)

(1922. 6. 29 ~ 2006. 6. 3.)

중국 대련시(大連市) 출생했으며, 동경대(東京大) 불문과(仏文科)를 졸업했다. 「세대(世代)」에 참가했으며. 「턱(鰐)」을 창간하였다.

시집으로는 『얼어붙은 불길(氷った焔)』『사계절 스케치(四季のスケッチ)』『딱딱한 싹(固い芽)』『파리의 5월에(パリの五月に)』『지나가는 여자들(通り過ぎる女たち)』『둥근 광장(円き広場)』가 있고, 소설『아카시아대련(アカシヤの大連)』가 있다. 평론『손의 마술(手の変幻)』이 있다.

# ● 石膏 ●

氷りつくように白い裸像が
ぼくの夢に吊されていた

その形を刻んで鑿の跡が
ぼくの夢の風に吹かれていた

悲しみにあふれたぼくの眼に
その顔は見おぼえがあった

ああ
きみに肉体があるとはふしぎだ

　　　　　　＊

色盲の紅いきみのくちびるに
ひびきははじめてためらい

白痴の澄んだきみのひとみに
かげははじめてただよい

涯しらぬ遠い時刻に
きみの生誕を告げる鐘が鳴る

石膏のこごえたきみのひかがみ
そこにざわぬく死の群のあがき

*

きみは恥じるだろうか
ひそかに立ちのぼるおごりの冷感を

ぼくは惜しむだろうか
きみの姿勢に時がうごきはじめるのを

迫ろうとする 台風の眼のなかの接吻
あるいは 結晶するぼくたちの 絶望の
鋭く とうめいな視線のなかで

                    *

石膏の皮膚をやぶる血の洪水

針の尖で鏡を突き刺す さわやかなその腐臭


石膏の均整をおかす焰の循環

獣の舌で星を舐め取る きよらかなその暗涙

ざわめく死の群の輪舞のなかで

きみと宇宙をぼくに一致せしめる

最初の そして　涯しらぬ夜

감상

　시인이 상상하고 있는 이상의 여성을 석고의 여성으로 형상화했다. 무기물이기 때문에 죽음의 상징이기도 하지만 아직 생명은 담겨 있지 않은 것으로 이해하는 것이 좋을 것 같다. 시인은 현실세계에서 사랑하는 여성을 우연히 만났을 때, 석고와 같은 관념의 여성상이 용해되는 것에 감미로운 경이를 발하는 것이다. 「회피할 수 없는 상황」의 도래인 것이다.

## ● 無精三昧 ●

光る髭は剃らず

輝く髪は刈らず

玄関の葡萄のベルは取っぱずしてた。

目覚ましの電話には出ない。

合法侵入の郵便物は開かない。

洗濯物は部屋に干したままなので

軽い箪笥なんていらない。

家中あちこちにお金が落ちているので

重い財布なんかもいらない。

しかし 掃除を忘れ

地球儀に憑かれた彼も

少しは飲み食いしなければ。

いい空気と日光が少しはなければ。

おお

それに 球に戯れたい。

音楽の風呂にはいりたい。

赤道のように長い眠りのはてに

彼はぼうぜんと

雲の城をまたぐ美女の

遥かな夢を見た。

감상

　이 시는 전 부인을 잃고, 한동안 홀아비 생활을 어쩔 수
없이 하게 된 시인의 일상에서 취재한 것이다. 어두운 느낌
과 될 대로 되라는 식의 마음을 극력 억제하고, 오히려 정신
적 억압의 해소를 전면에 내세우고 있다는 점에서 이 시를
좋아하는 사람들이 많다.

## ● 耳を通じて ●

心がうらぶれたときは 音楽を聞くな。
空気と水と石ころぐらいしかない所へ
そっと沈黙を食べに行け! 遠くから
生きるための言葉が 谺してくるから。

「절구」란, 중국의 오언절구와 칠언절구를 가리킨다. 4행시에 대해서는 달인이라고 할 수 있는 작가이기 때문에 이 분량으로 이 정도의 생각을 말할 수 있는 것이다. 감동을 주는 4행시이다. 침묵을 이처럼 웅변으로 말하는 방법을 가지고 있을 뿐만 아니라 「시의 핵심」을 찌르고 있다.

## 吉野弘(Yoshino hiroshi)

(1926. 1. 16 ~ 2014. 1. 15.)

야마가타현(山形県) 사카타시(酒田市) 출생. 사카타 상업학교 졸업, 전후(戰後), 노동조합운동에 종사하면서 과로로 쓰러져 3년간의 요양생활을 했다.

1953년에 『시학(詩学)』의 투고자를 중심으로 편성한 『노(櫂)』에 참가하여 첫 시집 『소식(消息)』을 냈다. 시집으로 『幻·方法』(1959), 『10와트의 태양(10ワットの太陽)』(1964, 시화집), 『감상여행(感傷旅行)』(1971), 『무지개의 다리(虹の足』(1973), 『바람이 불면(風が吹くと)』(1977), 『叙景』(1979) 등이 있다

吉野 弘의 시의 근저를 이루고 있는 것은 깊은 이해심이다. 인간을 향한 따뜻함, 시민생활이 잘 드러나 있다. 이러한 따뜻함이 신선한 감동을 자아냄과 동시에 생활에 대한 새로운 시각을 펼쳐 보여주기도 한다.

## ● I was born ●

確か 英語を習い始めて間もない頃だ。

或る夏の宵。父と一緒に寺の境内を歩いてゆく
と 青い夕靄の奥から浮き出るように 白い女がこち
らへやってくる。物憂げに ゆっくりと。

女は身重らしかった。父に気兼ねをしながらも
僕は女の腹から眼を離さなかった。頭を下にした
胎児の柔軟なうごめきを腹のあたりに連想しそれ
がやがて 世に生まれ出ることの不思議に打たれて
いた。

女はゆき過ぎた。

少年の思いは飛躍しやすい。その時 僕は〈生ま
れる〉ということがまさしく〈受身〉である訳を ふ
と諒解した。僕は興奮して父に話しかけた。
　―やっぱり I was born なんだね―

父は怪訝そうに僕の顔をのぞきこんだ。僕は繰り返した。

　—I was bornさ。受身形だよ。正しく言うと人間は生まれさせられるんだ。自分の意志ではないんだね—

　その時　どんな驚きで　父は息子の言葉を聞いたか。僕の表情が単に無邪気として父の眼にうつり得たか。それを察するには　僕はまだ余りに幼かった。僕にとってこの事は文法上の単純な発見に過ぎなかったのだから。

　父は無言で暫く歩いた後　思いがけない話をした。
　—蜉蝣という虫はね。生まれてから二、三日で死ぬんだそうだが　それなら一体　何のために世の中へ出てくるのかと　そんな事がひどく気になった頃があってね—
　僕は父を見た。父は続けた。

―友人にその話をしたら 或日 これが蜉蝣の雌だといって拡大鏡で見せてくれた。説明によると 口は全く退化して食べ物を摂るに適しない。胃の腑を開いても 入っているのは空気ばかり。見ると その通りなんだ。ところが 卵だけは腹の中にぎっしり充満していて ほっそりした胸の方にまで及んでいる。それはまるで 日まぐるしく繰り返される生き死にの悲しみが 咽喉もとまで こみあげているように見えるのだ。淋しい 光の粒々だったね。私が友人の方を振り向いて〈卵〉というと 彼も肯いて答えた。〈せつなげだね〉。そんなことがあってから間もなくのことだったんだよ、お母さんがお前を生み落としてすぐに死なれたのは―。

　父の話のそれからあとは もう覚えていない。ただひとつ痛みのように切なく 僕の脳裏に灼きついたものがあった。
　―ほっそりした母の 胸の方まで 息苦しくふさいでいた白い僕の肉体―。

감상

영어를 배우기 시작한 소년이, 인간의 탄생이 수동형
이라는 것을 발견했을 때 느끼는 신선한 놀라움과 당혹감
과 순수한 소년기 특유의 권태감이 잘 드러나 있다. 「역시 I
was born이군」하며 무심코 내뱉은 한 마디 말에는, 측량할
수 없는 인생의 깊은 원리를 들여다보아 버린 소년의 무구
한 충격이 담겨 있다. 소년 자신에게도 그 원리는 아직 짐작
이 되지 않았을 터이다. 영어도 인생도 능숙한 어른이 아닌,
영어를 배우기 시작해서 얼마 되지 않은, 인생의 깊이를 아
직 깨닫지 못한 소년이기 때문에 발견할 수 있었던 생의 수
동형이었다.

어린 나에게 있어 「이 일은 문법상의 단순한 발견에 지
나지 않았다」라고 하면 그만이지만, 이 생의 원리로 이어
지는 「발견」은 결코 「단순」하지 않은 중대함을 내포하고
있다.

## ● 祝婚歌 ●

二人が睦まじくいるためには

愚かでいるほうがいい

立派すぎないほうがいい

立派すぎることは

長持ちしないことだと気付いているほうがいい

完璧をめざさない方がいい

完璧なんて不自然なことだと

うそぶいているほうがいい

二人のうちどちらかが

ふざけているほうがいい

ずっこけているほうがいい

互いに非難することがあっても

非難できる資格が自分にあったかどうかあとで

疑わしくなるほうがいい

正しいことを言うときは

相手を傷つけやすいものだと

気付いているほうがいい
立派でありたいとか
正しくありたいとかいう
無理な緊張には
色目を使わず

ゆったり ゆたかに
光を浴びているほうがいい
健康で 風に吹かれながら
生きていることのなつかしさに
ふと 胸が熱くなる
そんな日があってもいい
そして
なぜ胸が熱くなるのか
黙っていても
二人にはわかるのであってほしい

감상

　이 시는 앞으로 결혼할 젊은 두 사람을 상정해서 쓰여 있다. 젊은 부부가 앞으로 나아갈 바에 대하여, 어떤 숨김도 없이 시원하고 극히 자연스러운 「…하는 편이 낫다」는 표현을 사용해 편안하게 귀를 기울일 수 있는 어조를 취하고 있다.

　하지만 이 시가 제시하고 있는 길이 우리의 일상 속에서 잘 실천되는 일은 아니다. 「결혼」을 하고 몇 십 년이 지나도 「무리한 긴장」을 하거나 「넉넉함과 여유」를 그만 잊고 안달하는 것이 보통 사람의 인생이 아닐까. 작가도 그것을 알기 때문에 젊은이와 동시에 자신을 향해서 이런 작품을 썼을 것이다. 젊은 두 사람을 향해 「…하는 편이 낫다」「…하길 바란다」라고 반복하는 말은 누구보다도 아마 작가 자신을 향하고 있을 것이다.

## ● 夕焼け ●

いつものことだが
電車は満員だった。
そして
いつものことだが
若者と娘が腰をおろし
としよりが立っていた。
うつむいていた娘が立って
としよりに席をゆずった。

そそくさととしよりが坐った。
礼も言わずにとしよりは次の駅で降りた。
娘は坐った。
別のとしよりが娘の前に
横あいから押されてきた。
娘はうつむいた。

しかし

又立って

席を

そのとしよりに譲った。

としよりは次の駅で礼を言って降りた。

娘は坐った。

二度あることはという通り

別のとしよりが娘の前に

押し出された。


可哀想に

娘はうつむいて

そして今度は席を立たなかった。

次の駅も

次の駅も

下唇をキュッと噛んで

身体をこわばらせて—。

僕は電車を降りた。

固くなってうりむいて

娘はどこまで行ったろう。

やさしい心の持主は

いつでもどこでも

われにもあらず受難者となる。

何故って

やさしい心の持主は

他人のつらさを自分のつらさのように

感じるから。

やさしい心に責められながら

娘はどこまでゆけるだろう。

下唇を噛んで

つらい気持で

美しい夕焼けもみないで。

감상

    이 시는 어느 날 전차 속에서 목격한 사실, 두 번이나 자리를 양보한 처녀가, 세 번째에는 자리를 양보하지 않는 모습이 모티브가 되어 있다. 도심에서 교외로 향하는 전차 속에서, 많은 사람이 늘 체험할 것 같은 광경이다. 작가는 이렇게 흔한 일상의 한 부분을 취해 존재론, 윤리관으로까지 이야기를 확대시키고 있다.

    더 이상 자리 양보하기를 포기한 아가씨가 「아랫입술을 지그시 깨물고」, 「아름다운 저녁놀도 보지 않고」 앉아 있는 모습을 놓치지 않고 관찰하던 그는 착한 사람은 때때로 수난자가 된다고 보고 있다. 상냥한 마음 때문에 양심의 가책을 받고 있기 때문이다.

    상냥한 아가씨의 마음과 저녁놀을 대비시켜, 아가씨의 상냥함을 돋보이게 하는 표현이 이 시를 더욱 빛나게 하고 있다.

# 茨木のり子(Ibaragi Noriko)

(1926. 6. 12 ~ 2006. 2. 17.)

1926년 오사카(大阪) 출생. 1945년 학도병 동원중에 태평양전쟁 패전을 맞이한다.

지금의 도호(東邦)대학 약학부를 46년에 졸업. 같은 해에 요미우리(読売)신문의 제1회 희곡상에 가작 당선. 50년부터 투고를 개시. 53년에 가와사키 히로시(川崎洋)와 함께 同人誌『노(櫂)』를 창간하여, 후에는 유력한 현대 시인인 오오카 마코토(大岡信)과 요시노 히로시(吉野弘) 등도 동인으로 참가하게 되었다. 또 한국어에 대한 관심도 높아『한글의 여행(ハングルへの旅)』이라고 하는 저서도 있다. 1999년에 출판된『의지하지 않고(倚りかからず』는 시집으로서는 기록적인 판매 부수를 기록했으며, 일본을 대표하는 현대 여성시인이라고 말할 수 있다.

## ● 顔 ●

電車のなかで狐そっくりの女に遭った
なんともかとも狐である
ある町の路地で蛇の眼をもつ少年に遭った
魚かと思うほど鰓の張った男もあり
鶫の眼をした老女もいて
猿類などはざらである
一人一人の顔は
遠い遠い旅路の
気の遠くなるような遥かな道のりの
その果ての一瞬の開花なのだ

あなたの顔は朝鮮系だ先祖は朝鮮だな
と言われたことがある
目をつむると見たこともない朝鮮の
澄みきった秋の空
つきぬける蒼さがひろがってくる
たぶんそうでしょうと私は答える

まじまじと見入り

あなたの先祖はパミール高原から来たんだ

断定的に言われたことがある

目を瞑ると

行ったこともないパミール高原の牧草が

匂いたち

たぶんそうでしょうと私は答えた

감상

눈앞의 인간 속에서 여우, 뱀, 새, 원숭이의 모습을 보는 작가의 상상력은 가공의 DNA를 통하여 인류의 기원까지 플래시 백(flash back)한다. 지금 우리가 보고 있는 개인이라는 존재는 과거로부터 와서, 또 미래를 향하여 가는 도중의 한 순간의 가시형태일 뿐이다. 모든 것이 시간의 흐름에 따라 형태를 바꾼다. 작가는 간단히 한반도나 평균포고 5,000미터인 파미르고원으로 공상의 시간여행을 즐긴다. 한반도와 파미르고원은 일본인의 기원을 밝힐 수 있는 가능성을 암시한다.

## ● 自分の感受性くらい ●

ぱさぱさに乾いてゆく心を
ひとのせいにはするな
みずから水やりを怠っておいて

気難かしくなってきたのを
友人のせいにはするな
しなやかさを失ったのはどちらなのか

荷立つのを
近親のせいにはするな
なにもかも下手だったのはわたくし

初心消えかかるのを
暮しのせいにはするな
そもそもがひよわな志にすぎなかった

駄目なことの一切を
時代のせいにはするな
わずかに光る尊厳の放棄

自分の感受性くらい
自分で守れ
ばかものよ

감상

　유연한 감성을 유지하는 것은 이바라기 노리코에게 있어서 무엇보다도 중요한 명제였던 것 같다. 그것은 그녀의 다른 시에서도 공통적으로 나타나고 있다. 자칫하면 일상 속에서 우울해져 가는 경향이 있는 감수성을 각성시키기 위해, 그녀는 자기의 얼굴을 손바닥으로 치고 있는 것 같은 느낌마저 든다. 처절한 자기 연마이다.

　아무에게도 의지하지 않고 자신의 주체성을 유지한다고 하는 것은 이만큼 부단한 노력이 필요한 것이다. 자신을 채찍질 하는 작가의 모습이 우리를 강하게 자극한다.

# • わたしが一番きれいだったとき •

私が一番きれいだったとき
街々はがらがら崩れていって
とんでもないところから
青空なんかが見えたりした

私が一番きれいだったとき
まわりの人達が沢山死んだ
工場で海で名もない島で
わたしはおしゃれのきっかけを落してしまった

私が一番きれいだったとき
だれもやさしい贈物を捧げてはくれなかった
男たちは挙手の礼しか知らなくて
きれいな眼着だけを残し皆発っていった

私が一番きれいだったとき
私の頭はからっぽで
わたしの心はかたくなで
手足ばかりが栗色に光った

私が一番きれいだったとき
わたしの国は戦争で負けた
そんな馬鹿なことってあるものか
ブラウスの腕をまくり卑屈な町をのし歩いた

私が一番きれいだったとき
ラジオからはジャズが溢れた
禁煙を破ったときのようにくらくらしながら
わたしは異国の甘い音楽をむさぼった

私が一番きれいだったとき
わたしはとてもふしあわせ
わたしはとてもとんちんかん
わたしはめっぽうさびしかった

だから決めた できれば長生きすることに
年とってから凄く美しい絵を描いた
フランスのルオー爺さんのように ね

감상

　이 시는 이바라기 노리코(茨木のり子)의 대표적인 시라고 해도 좋을 만큼 널리 알려져 있다. 다른 시인은 패전을 심각한 허탈감으로써 표현하지만, 이바라기는 그렇지 않다. 20세로 패전을 맞이해 청춘을 구가하는 기회를 놓친 아쉬움을 이야기하면서도 반전하여 뒤늦게 명성을 얻은 프랑스인 루오를 예로 들어 미래의 희망을 서술한다.

　이 기묘하게 밝고 비굴하지 않음은 오래 지속되어, 70세를 넘어서 99년에 출판하여 베스트셀러가 된 『의지하지 않고』는 그야말로 그녀가 「늦게 핀 꽃(a late bloom)」인 것을 말해주고 있다. 아니, 오랜 세월 축척된 감성으로 다시 개화했다고 하는 편이 정확할 것이다.

## 岸田衿子(Kishida Eriko)

(1929. 1. 5 ~ 2011. 4. 7.)

도쿄(東京) 출생으로 도쿄예술대학 유화학과 졸업. 화가를 목표로 했지만 10년 정도 흉부 질환을 치료한 후 시와 산문을 쓰기 시작했다.

시집에는 신선한 감각으로 읊은 첫 번째 시집 『잊혀진 가을(忘れた秋)』이나 『라이온 이야기(らいおん物語)』 등이 있다.

또한 그림책 작가, 외국 그림책 번역가, 『알프스의 소녀 하이디』 등의 애니메이션 주제가의 작사 등 다양한 면을 가지고 있다. 작가 고(故) 기시다 구니오(岸田国土)의 장녀.

## ● 音無姫 ●

かしこい男の子がいた その子の口笛の聞こえぬ
時その子は双眼鏡で遠くの方を調べていた 双眼鏡
に飽きた時その子はテープレコーダーで遊んでい
た 又「愛しの汝が瞳」を口笛で吹きながら 双眼鏡で
女の子を調べテープレコーダーに女の子の音をと
ってみる事もあった 頭の中は思ったより柔かくて
漣のようだ 唇は蕾だから聞かないこと 耳は あ 全然
音がない かしこい男の子はメモをとった

　或る日そこに変な女の子がいた 変な理由を述べ
よう 女の子の足音は道の足音で女の子が走る音は
風の走る音なので女の子が杏を喰べると杏が女の
子を喰べる音がする 女の子が泳ぐと海が泳ぎにや
ってくる 男の子は そうするとどっちが本当なのか
どっちの音をテープレコーダーにとればいいのか
悩んだ もし女の子が僕を好きになったらと思った

ら急に男の子は怖くなった男の子はもうその時女の子を好きだったのだ その先はもうおわかりと思う 男の子はメモをやめた 男の子は女の子の耳に耳を当てた そうして あ 音がするよ この耳は あ 僕の音僕の音伝った

감상

작가의 두 번째 시집 『라이온 이야기(らいおん物語)』에 수록되어 있다.

기계만을 좋아하던 소년이 소녀를 좋아하게 된다는 동화 같은 시이다. 기계에서 인간에게로 흥미가 옮겨가고, 그 흥미가 소녀에 대한 사랑으로 변해가는 것을 묘사하고 있다.

소년은 기계만으로 계산할 수 없는 일도 있다는 사실을 이해하게 된다. 소녀는 요정과 같이 눈부신 존재로 묘사되고 있다.

## ● なぜ 花はいつも ●

なぜ 花はいつも

こたえの形をしているのだろう

なぜ 問いばかり

天から ふり注ぐのだろう

감상

『왜 꽃은 언제나(なぜ 花はいつも)』는 『밝은 날의 노래
(あかるい日の歌)』중 50편 가운데 한 편이다.

　꽃은 비와 빛을 받아들일 형태를 취하고 있다. 「하늘로
부터 내리는 것은 질문이기 때문에 그렇게 되는 것일까」 하
며 작가는 고개를 갸웃거리고 있다. 대답은 실체가 있지만
질문에는 실체가 없다. 단순히 꽃을 보고도 이러한 의문을
갖는 것처럼 자연은 우리가 잊고 있던 마음 깊은 곳에서의
소리와 만나게 한다.

## 新川和江(Sinkawa Kazue)

(1929. 4. 22 ~ )

---

1929년 이바라키현(茨城県) 출생. 고교 3년생이었던 1944년부터 유명한 서정시인인 사이죠오 야소(西條八十)에게 사사했다. 1953년에 첫 시집『잠자는(睡り椅子)』를 출판하여 재능을 인정받았다. 그녀의 시는 교과서에도 게재되는 등 널리 알려져 있다. 1983년부터 1984년까지 일본현대시인회 회장을 역임했다.

---

● 歌 ●

はじめての子を持ったとき

女のくちびるから

ひとりでに洩れだす歌は

この世でいちばん優しい歌だ

それは 遠くで

荒れて逆立っている 海のたてがみをも

おだやかに宥めてしまう

星々を うなずかせ

旅びとを 振りかえらせ

風にも忘れられた さびしい谷間の

痩せたりンゴの木の枝にも

あかい 灯をともす

おお そうでなくて

なんで子どもが育つだろう

この いたいけな

無防備なものが

흔한 표현이기는 하지만 이 짧은 시는 「모성」에 대한 찬
가이다. 아이를 낳은 여성이 가지는 신비함과 마력을 찬양
한 시이다.

우리는 이 시 속에서 갓 태어난 아기를 응시하고 있는
어머니의 자애로운 시선을 피부로 느낄 수 있다. 그것은 마
치 한 폭의 서양화와 같은 정경이며, 어머니의 옷깃이 스치
는 소리나 젖내 나는 숨결을 상기시켜 준다. 이와 같은 공감
각을 이끌어내는 시는 드물다.

## ● わたしを束ねないで ●

わたしを束ねないで
あらせいとうの花のように
白い葱のように
束ねないでください わたしは稲穂
秋 大地が胸を焦がす
見渡すかぎりの金色の稲穂

わたしを止めないで
標本箱の昆虫のように
高原からきた絵葉書のように
止めないでください わたしは羽ばたき
こやみなく空のひろさをかいさぐっている
目には見えないつばさの音

わたしを注がないで
日常性に薄められた牛乳のように
ぬるい酒のように
注がないでください わたしは海

夜 とほうもなく満ちてくる
苦い潮 ふちのない水

わたしを名付けないで
娘という名 妻という名

重々しい母という名でしつらえた座に
坐りきりにさせないでください わたしは風
りんごの木と
泉のありかを知っている風

わたしを区切らないで
,(コンマ)や .(ピリオド)いくつかの段落
そしておしまいに 「さようなら」があったりす
る手紙のようには
こまめにけりをつけないでください わたしは終
りのない文章
川と同じに
はてしなく流れていく 広がっていく 一行の時

　나는 나다. 나는 가능체이다. 나라는 개체를 집단 속에 매장시키지 말라고 작자는 주장한다. 그 목소리는 크지도 않고 작지도 않다. 비통한 간원도 아니고 자기 주장이 가지는 강압적인 면도 느낄 수 없다.

　상쾌한 날씨 속에서 듣는 기분 좋은 음악과도 같다. 그리고 듣고 난 후에도 왠지 무의식 속에 이 시의 리듬이 남는다. 이 담담한 감각이 저주파처럼 무의식 속에서 메아리친다. 신카와(新川)의 시에는 그러한 특성이 있다.

## 飯島耕一(Ijima Koichi)

(1930. 2. 25 ~ 2013. 10. 14.)

1930년 오카야마현(岡山県) 출생. 육군항공 사관학교에 합격하지만 바로 그해 1945년 태평양전쟁 패전을 맞이한다. 동경대학 불문과 졸업.

1950년쯤부터 시를 쓰기 시작한다. 50년대 중반, 시인 오오카 마코토(大岡信) 등과 초현실주의 연구회를 결성하고, 비평활동을 시작했다. 초현실주의 시인으로서 중요한 준재이고, 지적인 현실의식이 날카로운 시인이다.

## ● 母国語 ●

外国に半年いたあいだ
詩を書きたいと
一度も思わなかった
わたしはわたしを忘れて歩きまわっていた
なぜ詩を書かないのかとたずねられて
わたしはいつも答えることができなかった。

日本に帰って来ると
しばらくして
詩を書かずにいられなくなった
わたしには今
ようやく詩を書かずに歩けた
半年間のことがわかる。
わたしは母国語のなかに
また帰ってきたのだ。

母国語ということばのなかには
母と国と言語がある

母と国と言語から

切れていたと自分に言いきかせた半年間

わたしは傷つくことなく

現実のなかを歩いていた。

わたしには 詩を書く必要は

ほとんどなかった。


四月にパウル・ツェランが

セーヌ川に投身自殺をしたが、

ユダヤ人だったこの詩人のその行為が、

わたしにはわかる気がする。

詩とは悲しいものだ。


詩とは国語を正すものだと言われるが

わたしにとってはそうではない

わたしは母国語で日々傷を負う

わたしは毎夜 もう一つの母国語へと

出発しなければならない

それがわたしに詩を書かせ わたしをなおも存在

させる。

**감상**

　근무하는 대학에서 허가된 유학으로, 70년에 프랑스에 7개월간 체재했기 때문에 작가는 일본어로 시를 쓸 필요가 없었다. 왜냐하면 그는 이방인이었으며, 설령 고독하였을지라도 일본의 규범에서 일시적으로 해방된 자유롭고 마음이 편한 몸이었으니까.

　그러나 일단 모국어의 세계에 복귀하자 그 마음의 편안함은 이미 용서되지 않았다. 시인으로서의 작가는 또 모국어와 갈등하기 시작하였고, 이 시를 쓴 다음 해부터 반년 동안 우울증으로 괴로워한다. 그러나 작가는 시를 쓰는 것이 자기에게는 치유라고 말한다.

## ● 宮古島の道 ●

人間は家のなかに住んでいる

という感じをつよくもったのは

はじめて狩俣や池間へ行ったときだ

表を歩いて行くわたしを

カーテンや板戸のすきまからのぞき見る

二つの眼を

何度か感じた

ほとんど戦慄しながら

曲った道を歩いて行った

細い道は村々に

古代のままのうねりで走り

看板のない商店が

何軒かあった

その道の曲りはわたしの体内に入りこんだ

もう体内に入っている

道 道 とつぶやきながら

群衆でひしめく地下道をかきわけて行く。

우울증이 치유된 작가는 77년에 오키나와를 두 번 방문하였다. 근대적 지성을 가진 지식인은 미야코지마에서는 그를 은밀히 보는 사람들의 시선을 느끼며 전율하고 있다. 거기에는 일본의 오래된 습속이 남아 있다.

　이이지마(飯島)는 「미야코라는 여자 같은 섬의 이름이 이제는 나의 부적, 주문과 같이 되어 있다. 우리의 혼은 이 도시에서 너무나도 희미하고, 엷은 편린과 같이 떠 있다」라고 말하였으며, 이 남방에의 여행으로 영혼이 치유된 것을 인정하고 있다.

## 谷川俊太郎(Tanikawa Shuntaro)

(1931. 12. 15 ~ )

1931년 12월 15일 출생. 1948년부터 시를 써서 발표하기 시작했다. 1950년에는 아버지의 지인인 미요시 다쓰지(三好達治)의 소개로 『문학계(文学界)』에 「네로외 5편(ネロ他五編)」이 게재된다.

1952년에 처녀작 『20억 광년의 고독(二十億光年の孤独)』을 간행했고 그 후 노래의 가사나 각본, 에세이, 평론 등을 쓰기도 했다.

## ● 朝のリレー ●

カムチャッカの若者が
きりんの夢を見ているとき
メキシコの娘は
朝もやの中でバスを待っている
ニューヨークの少女が
ほほえみながら寝がえりをうつとき
ローマの少年は
柱頭を染める朝陽にウインクする
この地球では
いつもどこかで朝がはじまっている

ぼくらは朝をリレーするのだ
経度から経度へと
そうしていわば交替で地球を守る
眠る前のひととき耳をすますと
どこか遠くて目覚まし時計のベルが鳴ってる
それはあなたの送った朝を
誰かがしっかりと受けとめた証拠なのだ

감상

　처음 8행은 세계의 아침과 밤, 북쪽과 남쪽, 동쪽과 서쪽 거리의 대비를 그리고 있다. 「언제 어디서나 아침이 시작하고 있다」라는 문장을 읽고 나면, 세계는 지구라고 하는 하나의 별이라는 것을 다시 한 번 상기하게 된다. 후반에서는 우리가 산다는 것은 지구라고 하는 별을 지켜내야 하는 것이라는 작가의 생각이 드러난다.

　이 시는 1980년대부터 수년에 걸쳐 일본 중학교 국어교과서에 게재되었다. 이 시는 지구를 하나의 공동체로 보고 인간과 인간 사이의 연대감을 가지고 사는 삶의 중요함을 호소하고 있다.

● 新しい詩 ●

ぼくの新しい詩が読みたいんだって?
ありがとう
でも新しい詩ならいつだって
きみのまわりに漂ってるよ

きみは言葉を探しすぎてる
言葉じゃなくたっていいじゃないか
目に見えなくたって
耳に聞こえなくたっていいじゃないか

歩くのをやめて
考えるのをやめて
ほんのしばらくじっとしてると

雲間の光がきみを射抜く

人の気持ちがきみを突き刺す

オーロラの色がきみに感染する


きみは毎朝毎晩死んでいいんだ

新しい詩をみつけるために

むしろ新しい詩にみつけてもらうために

감상

　새로운 시는 우리 주변에 산재한다. 눈에 보이거나 귀에 들리지 않을지도 모르지만 가만히 집중하고 있으면 우리를 자극하고 감싸고 있다. 가만히 귀 기울이면 깨달을 수 있다. 새로운 시의 소재를 찾아내 시심을 길러보자.

## • 十と百に寄せて •

ゼロがついただけで
何故十は一より大きくなれるのだろう
ゼロが増えただけで
何故百は十より立派に見えるのだろう

ヒトの年はゼロから始まって
十を過ぎることができたとしても
百を過ぎることはなかなか難しい
それなのにヒトはアタマで億や兆を考える

欲に駆られた金の話に限らない
宇宙を語れば小学生でも何百億と平気で言う
ゼロがつけばつくほど数はどこまでも増長して
アタマを風船みたいに膨らませる

自分のカラダはどこまでいっても一なのに
宇宙もほんらい一なのに
数を覚えたおかげでヒトは大事な一を忘れる
ゼロを畏れることを忘れる

無限とはゼロが増え続けることではないと
誰もが心の底では知っているのに
足すのではなくゼロを掛ければどうなるかだっ
て分かっているのに

감상

　인간은 태어났을 때에 0세 그리고 10세로 나이를 먹어 가지만 100세까지 사는 것은 어렵다. 그런데도 0을 자꾸자 꾸 늘려 억이나 조라고 하는 매우 큰 숫자를 생각한다. 돈 이야기만이 아니다. 우주에 대해 이야기할 때도 마찬가지 이다. 그러나 우주라고 하는 것은 본래 하나이다. 하지만 인간은 모두가 하나라는 사실을 잊어가고 있는 것 같다.

# 中江俊夫(Nakae Toshio)

(1933. 2. 1 ~ )

나카에 토시오(中江俊夫)는 구루메(久留米) 출신으로 1944년 구루메(久留米)로 귀향, 1949년 부친의 고향인 오카야마(岡山)로 거주지를 옮겼다.

現代詩文庫인『中江俊夫詩集』이 있다. 나카에 토시오(中江俊夫)는 詩作品이란 〈地球型〉이라는 생각을 갖고 있다.

〈地球型〉이라고 하는 것은「詩作品 전체 질서의 틀을 감성으로서의, 심성으로서의, 사상으로서의, 주의로서의 이론에 사로잡히지 않고 전체로서 그것을 하나의 인식과 그것을 초월한 틀」이라고 설명하고 있다.

## ● 夜と魚 ●

魚たちは 夜
自分たちが 地球のそとに
流れでるのを感じる
水が少なくなるので
尾ひれをしきりにふりながら
夜が あまり静かなので
自分たちの水をはねる音が 気になる
誰かにきこえやしないかと思って
夜とすかして見る
すると
もう何年も前にまよい出た
一匹の水すましが
帰り道にまよって 思案もわすれたように
ぐるぐる廻っているのに出会う

　　수족관이나 강이라도 좋고, 바다라도 좋고, 거기에 숨어
있으면서 물고기들은 가만히 밤의 밖으로, 지구의 밖으로
흘러나가는 기대와 불안을 전신으로 감지하면서 지느러미
를 흔들며 그 소리에 신경을 쓰면서 밤을 주시하고 있다.

　　시가 직접 표현하고 있는 광경은 여기에 쓰여 있는 그대
로이다. 여기에서는 물고기들도 밤도 물도 번쩍번쩍 눈부
실 만큼 투명하게 빛나고 있는 것처럼 보인다. 물고기들의
신경도 섬세하고 과민하게 곤두서 있다.

　　여기에서 「魚」를 무엇으로 보아야 할 것인가, 「물이 적
어진다」를 어떻게 이해할 것인가는 자유다. 작가의 젊은 마
음의 흔들림이나 장래에 대한 불안과 글로벌시대를 어떻게
헤쳐나갈 것인가? 작자는 한밤중에 서 있고 독자도 그림자
처럼 서 있다.

## 星野富弘(Hoshino Tomihiro)

(1946. 4. 24 ~ )

---

1946년 4월 24일 군마현(群馬県)에서 태어났다. 일본의 시인이자 화가이다.

1970년 군마대학(群馬大学)을 졸업하고, 중학교의 체육교사가 되지만 클럽활동 지도 중에 경추 손상으로 손발을 자유롭게 움직일 수 없게 되었다. 1972년 군마대학병원에 입원하고 있던 중에 입에 펜을 물고 문장을 쓰거나 그림을 그리기 시작했다. 1974년에는 병실에서 기독교 세례를 받았다. 1979년에도 여전히 입원 중이었지만 최초의 작품전을 열었다. 9월에는 퇴원하여 귀향했다. 1981년에는 결혼했다. 잡지나 신문에 시화나 에세이를 연재했다. 1982년에는 다카사키(高崎)에서 「꽃의 시화전」을 개최했고, 후에 전국 각지에서 열린 시화전은 큰 감동을 불러일으키며 현재도 진행되고 있다.

---

## ● 鈴の鳴る道 ●

　車椅子に乗るようになってから十二年が過ぎた。その間、道のでこぼこが良いと思ったことは一度もない。ほんとうは曲りくねった草の生えた土の道の方が好きなのだけれど、脳味噌までひっくり返るような震動には、お手あげである。だいいち、力の弱い私の電動車椅子では止まってしまう。

　車椅子に乗ってみて、初めて気がついたのだが、舗装道路でも、いたる所に段があり、平らだと思っていた所でも、横切るのがおっかないくらい傾いていることがある。

　ところが、この間から、そういった道のでこぼこを通る時に、一つの楽しみが出てきた。ある人から、小さな鈴をもらい、私はそれを車椅子にぶらさげた。手で振って音を出すことができないから、せめて、いつも見える所にぶらさげて、銀色の美しい鈴が揺れるのを、見ているだけでも良い

と思ったからである。

　道路を走っていたら、例のごとく、小さなで
こぼこがあり、私は電動車椅子のレバーを慎重に
動かしなが ら、そこを通り抜けようとした。その
時、車椅子につけた鈴が「チリン」と鳴ったのであ
る。心にしみるような澄んだ音色だった。

　「いい音だなあ。」

　私はもう一度その音色が聞きたくて、引き返し
てでこぼこの上に乗ってみた。

　「チリーン」「チリーン」小さいけれど、ほんとう
に良い音だった。

　その日から、道のでこぼこを通るのが楽しみと
なったのである。

　長い間、私は道のでこぼこや小石を、なるべく
避けて通ってきた。そしていつの間にか、道にそ
ういったものがあると思っただけで、暗い気持を
持つようになっていた。しかし、小さな鈴が「チリ

ーン」と鳴る、たったそれだけのことが、私の気持ちを、とても和やかにしてくれるようになったのである。

　鈴の音を聞きながら、私は思った。

　〝人も皆、この鈴のようなものを、心の中に授かっているのではないだろうか。〟

　その鈴は、整えられた平らな道を歩いていたのでは鳴ることがなく、人生のでこぼこ道にさしかかった時、揺れて鳴る鈴である。美しく鳴らしつづける人もいるだろうし、閉ざした心の奥に、押さえこんでしまっている人もいるだろう。

　私の心の中にも、小さな鈴があると思う。その鈴が、澄んだ音色で歌い、キラキラと輝くような毎日が送れたらと思う。

　私の行く先にある道のでこぼこを、なるべく迂回せずに進もうと思う。

감상

　어떤 것에 대해 생각하는 방식이나 바라보는 관점을 조금 바꿔보는 것만으로도 마음이 편해지기도 하고, 이전과는 전혀 다른 것으로 보일 때가 있다. 피할 수 없는 험한 길을 걸어야 한다면 예쁜 종소리를 들으면서 즐겁게 걷는 편이 좋을 것이다. 인생의 험한 길에서도 이 종에 관한 메시지를 떠올려 보라. 이 시를 쓴 작가처럼 피하지 말고 「딸랑」하고 종을 울리며 인생에 감사하는 마음을 가지고 활기차게 살아가는 지혜를 터득하도록 해 보자.

## ● トマト ●

畑でトマトを食った

夏の陽に焼けた実から

血のような熱い汁がしたたり

野獣になった気分

あたり一面

太陽のにおい

감상

　태양이 내리쬐는 더운 여름날 밭에 여문 토마토를 집어
먹어 본다. 붉게 익은 그 열매로부터 즙이 방울져 떨어져 내
린다. 그런 광경을 표현하고 있다.

## ● りんご ●

リンゴには赤い皮
　ミカンは黄色
あれは
美しい包装紙に
　つつまれた
神様からの
　プレゼント

감상

    사과나 귤의 껍질을 포장지에 비유하고 있다. 그런 껍질에 싸인 과실은 자연의 은혜이며 신으로부터의 선물이라는 의미에서이다. 짧지만 참신한 내용을 담고 있다.

## 한국어 번역

● 아침의 거울 ●

아침의 물이 한 방울 떨어진다, 가는 면도칼의
날 위에 빛나고, 떨어진다 — 이것이
생이라는 것인가. 이상하다.
왜, 나는 살아 있을 수 있는 것일까. 흐린 날의
바다를 하루종일, 보고 있는 듯한
눈을 하고, 인생의 반을 보냈다.

「한 구의 시체가 되는 것, 이것은

언제나 살아 있는 이미지일 것이다.

지독한 임종 모습을 고려해 넣고,

다가오는 시간을 준비하며 기다리는 것」

예전부터, 그것이 내 위안이었다.

오오, 어쩐지 웨하스를 씹는 듯한


생각하라! 교만과 허무함을!

내 작은 제국은 멸망했다. 하지만 누구도 나를 벌하려고는

하지 않았다.

정말 내가 잘못되어 있었음에도 불구하고.

아프리카의 참혹한 경치가, 강한 빛 속에

하얗게 펴져 있다. 그리고


아직, 같은 풍경을 창으로 본다. (안녕

여인이여, 치자나무의 향기여) 적극적인 인생관도

담뱃재와 같이 무력하다. 안녕!

임종의 악취여, 일 잘하는 씩씩한 남자들이여.

나는 이를 닦고, 정성스레 비누로

손을 씻고, 거울을 들여다본다.

● 레몬 애가 ●


그렇게도 당신은 레몬을 기다리고 있었다.

슬프고 하얗고 밝은 죽음의 침상에서

나의 손으로 잡은 레몬 하나를

당신의 아름다운 이가 오도독 씹었다.

토파즈 색 향기가 났다.

그 몇 방울 천국의 레몬의 즙은

번뜩 당신의 의식을 정상으로 했다.

당신이 푸르고 맑은 눈이 희미하게 웃는다

나의 손을 잡는 당신 힘의 건강함이여!

당신의 목구멍에 폭풍우는 있지만

이러한 생명의 갈림길에

치에코는 원래의 치에코가 되어

생애의 사랑을 일순간에 쏟을 수 있었다.

그리고 한때

옛날 산꼭대기에서 했던 것처럼 심호흡을 한 번 하고

당신의 기관은 그대로 멈추었다.

사진의 앞에 꽂은 벚꽃 그림자에

시원하게 빛나는 레몬을 오늘도 놓자.

● 파란 잠자리 ●

파란 잠자리의 눈을 보면
녹색, 은색, 에메랄드,
파란 잠자리의 얇은 날개
등심풀의 이삭 위에 빛난다.

파랑 잠자리가 나는 것은
마법사의 농간일까.
파랑 잠자리를 잡으면
여배우를 만지는 느낌.

파랑 잠자리의 깨끗함은
손으로 만지는 것조차 무섭고,
파랑 잠자리의 침착함은
질투할 정도로 얄밉다.

파랑 잠자리를 갈갈이
나막신으로 밟아 뭉갠다.

● 하나의 인간 ●


자신은 하나의 인간이고 싶다.

누구에게도 이용당하지 않는

누구에게도 머리를 숙이지 않는

하나의 인간이고 싶다.

타인을 이용하거나

타인을 삐뚤어지게 하거나 하지 않는

그 대신 자신도 비뚤어지지 않는

하나의 인간이고 싶다.


자신의 가장 깊은 샘으로부터

가장 신선한

생명의 샘을 떠올린다.

누가 봐도

이것이야말로 인간이다라고 생각하는

하나의 인간이고 싶다.

하나의 인간은

하나의 인간으로 좋지 않을까.

하나의 인간.

*

독립인 동지가

서로 사랑하고, 서로 존경하고, 서로 힘을 합한다.

그것은 실로 아름다운 것이다.

하지만 타인을 이용해서 득을 보려고 하는 것은, 얼마나

추한 것인가

그 추함을 진정으로 아는 것이 하나의 인간.

● 대나무 ●

빛나는 땅 위에 대가 나고,
푸른 대가 나고,
땅 밑에는 뿌리가 나고,
뿌리가 점점 가늘어져,
희미하게 연기처럼 섬모가 나고,
희미하게 떨리고,
굳은 땅에 대가 나고,
땅 위에 꼿꼿이 대가 나고,
쑤욱쑥 대가 나고,
얼어 있는 마디마디 늠름하게,
푸른 하늘 아래 대가 나고,
대, 대, 대가 나고.

## ● 종이 ●

종이는 하얀색.

종이안도 뭉게뭉게가 있다.

뭉게뭉게는 눈이 되고,

구름이 되고

구름은 저녁놀이 되어

달이 비추어진다.

종이 저 편이 왕래가 되어

사람이 지나간다.

사람이 기침을 한다.

사람은 좋은 소리를 지른다.

종이는 하얀색,

닫고 잊힌 덧문으로부터,

하얀 달밤이 들여다보는,

종이에는 깊이도 없고

심연이라는 것도 없다.

하지만

분명히

종이에는 깊이가 있다.

하얀 가옥이 즐비하고

사람의 목소리가 온종일 들리고 있다.

소곤소곤 속삭여지고 있다.

● 좋은 친구와 함께 ●


마음으로 좋은 친구를 느끼는 것만큼

그 순간만큼

마음이 딱 맞았을 때만큼

내 마음을 따뜻하게 해 주는 것은 없다.

친구도 나도 괴로워서 피곤해 있는

그래서 마음이 같을 때만큼 기쁠 때는 없다.

조촐한 저녁 식탁을 함께 할 때

나는 나이를 떠나 눈물짓는다.

말로는 알 수 없는 애정이 솟는다.

이 마음만은 간직해 두고 싶다

영원히 마음에 간직해 두고 싶다.

## ● 황혼은 좋은 때 ●

황혼은 좋은 때,
한없이 상냥한 한때.

그것은 계절에 관계없는
겨울이면 난롯가 곁,
여름이면 큰 거목나무 그림자,
그것은 언제나 신비로 가득 차고
그것은 언제나 사람의 마음을 유혹한다.
그것은 사람의 마음이,
때로, 자주,
고요함을 사랑하는 것을,
알고 있는 것인 양,
작은 소리에 속삭임, 작은 소리로 한다…….

황혼은 좋은 때,
한없이 상냥한 한때.

젊은 향기가 나는 사람들을 위해서
그것은 애무로 가득 찬 한때,

그것은 상냥함이 흘러넘치는 한때,

그것은 희망으로 가득 찬 한때,

또 청춘의 꿈은 멀고

끝없이 잃어버린 사람들을 위해,

그것은 달콤한 추억의 한때,

그것은 지나가 버린 꿈의 환상,

그것은 오늘은 마음이 아프지만,

더욱이 완전히 잊을 수 없었다.

그 초하룻날의 그리운 향기.


황혼은 좋은 때,

한없이 상냥한 한때.


황혼의 이 우울은 어디에서 오는 것일까?

아무도 그것을 모른다!

(아아! 누가 무엇을 알고 있는지?)

그것은 밤과 함께 밀도를 더해,

사람을 더 강하게 몽환으로 이끈다······.

황혼은 좋은 때,
한없이 상냥한 한때.,

황혼 때,
자연은 사람에게 안식을 주려는 것 같다.
바람은 떨어지고
사물의 울림은 끊어지고,
사람은 꽃의 호흡을 들을 수 있을 것 같은 기분이 든다.
지금까지 바람에 흔들리고 있던 풀잎도
홀연히 쥐 죽은 듯이 조용해,
작은 새는 날개 사이에 머리를 묻는다 ……

황혼은 좋은 때,
끝없이 상냥한 한때.

## ● 길동무 ●

너와 내가 마주하고 있는 여기서부터,
깊고 조용한 여름 하늘의 한구석이 보인다.
똑같이 깊고 조용한 것이
요즘 서로의 우정을 지배하고 있는 것을 우리도 알고 있다.

어깨를 나란히 하고 걸으면서 꽃을 따서 건네주듯이
서로의 사상을 나눈다.
그것은 아직 어느 정도 완성되기에는 이르지만
그만큼 새롭고, 생기가 넘치고
내일의 시련에는 견딜 것 같다.

너의 사상이 나의 마음의 골짜기에 흐르고
나의 발견이 너의 머리의 정수리를 비추네.
너와 나랑 완전히 타인이었던 옛날로 돌아가서,
여기까지 온 오늘을 생각하는 것은 좋은 일이다.

그리고 우리가 끝끝내 침묵하는 저녁이 오면,

어깨를 나란히 하는 것으로 이미 충분한 저녁이 오면

남녘으로 돌아가지 못한 제비가 날고 있는 마을 안의

바삭거리는 낙엽 쌓인 가로수 길을 따라가 보자.

내일로 이어지는 길 위를 멀리 밤을 향해 가보자.

● 비에도 지지 않고 견디며 ●


비에도 지지 않고

바람에도 지지 않고

눈에도 여름의 더위에도 지치지 않는

튼튼한 몸을 갖고

욕심은 없고

결코 화내지 않고

언제나 조용하게 웃고 있네.

하루에 현미 네 홉과

된장국과 야채를 조금 먹고

모든 일을

자신을 계산에 넣지 않고

잘 보고 듣고 알아

그리고 잊지 않고

넓은 들녘에 소나무 숲 그늘의

작은 초가지붕 오두막에 있으면서

동쪽에 병에 걸린 아이가 있으면

가서 간병해 주고

서쪽에 지친 엄마가 있으면

가서 그 볏단을 져 주고

남쪽에 죽을 것 같은 사람 있으면

가서 무서워하지 않아도 된다고 말하고

북쪽에 싸움이나 소송이 있으면

시시하니까 그만두라고 하고

가뭄 때는 눈물을 흘리고

추운 여름은 허둥지둥 걸어

모두에게 얼간이라 불리고

칭찬도 받지 않고

고통으로 여기지도 않고

그러한 사람이

나는 되고 싶다.


남무무변행보살

남무상행보살

남무다보여래

남무묘법련화경

나무석가모니불

나무정행보살

나무안립행보살

● 숲과 사상 ●


이봐요 봐요.

저쪽에 안개에 젖어 있는

버섯 모양의 작은 숲이 있을 거야.

그곳에

나의 생각이

상당히 일찍 흘러가서

모두

녹아 들어 있다.

이 근처는 머위 꽃 가득하다.

● 잎 ●

잎이여
차츰차츰
해가 짧아진다.
너도
잎이 되어 나타날 때까지
안절부절 외로웠을 것이다.

잎이여
잎으로 나온
오늘 너의 숭고함과 엄숙함

하지만, 잎이여
지금까지는 외로웠겠지.

● 죽음의 노래 ●


느닷없이 죽음이 찾아와 최초의 고독을 전한다.

깊은 침묵 위에 별은 사라져 버린다.

더 이상 누구 것도 아니게 된 시간이 죽은 자에게서 솟아

오른다.

실재 안에 모습을 숨기고 있던 것이

지금 나타나 누구로부터도 멀리 떠난다.

저녁 자작나무의 줄기에서 슬그머니 샘으로 사라져 가는

것과 같은 것이

말이 되는 것이

미래 속에서 벌꿀과 같이 흘러나오려고 오므려 들고 있다.

죽음이 너무 빨랐기 때문에 갑자기 차가워져 버린 것이겠

지.

저절로 문이 열리고 또 닫힌다.

아! 자신으로부터 무언가 사라져 가는 것을 느끼는 것은

얼마나 두려운 일일까.

## ● 초원의 밤 ●

낮에는 소가 거기에 있고
풀을 먹고 있던 곳.
밤이 길어
달빛이 걷고 있다.
달빛이 매만질 때
풀은 무럭무럭 자란다,
내일도 맛있는 것을 대접하겠다고.
낮 아이가 거기에 있고
꽃을 따고 있던 곳.
밤이 길어
천사가 혼자 걷고 있다.
천사의 발이 닿는 곳
또 다른 꽃이 또 핀다
내일도 아이에게 보여주려고.

● 나와 작은 새와 방울과 ●

내가 양손을 펼쳐도
조금도 하늘은 날 수 없지만
날 수 있는 작은 새는 나처럼
지면을 빠르게 달릴 수 없다.
내가 몸을 흔들어도
예쁜 소리는 낼 수 없지만
저 울리는 방울은 나처럼
많은 노래는 모른다.
방울과 작은 새와 그리고 나
모두 달라서 모두 좋다.

● 아름답게 자신을 물들여 주세요 ●


아기 때는 흰색

누구라도 흰색

어떤 사람이라도 흰색

몸이나 마음이

자라나는 것과 함께

그 흰색을

아름답게 물들여 간다

물들여 간다.


매일 아침 눈을 뜨면

오늘도 하루

거짓말 안 하는 생활을

보내고 싶다고 빈다.

밤에 잠자리에 들 때

되돌아보고

그대로였다면

고마워요라고 중얼거린다.

타인에게는 상냥하고
자신에게는 엄격하고
이것을 계속하면
흰색은 훌륭한 색이 된다
타인을 위로하고
자신을 단련한다.
이것이 반복되면
빛이 있는 색깔이 된다.

모두 잊어버리고
사람을 위해서 일한다.
땀은 기분 좋게 증발하고
피곤함도 기쁨이 된다.
이런 날의 저녁 무렵에는
어머니의 말이 귀에 와 닿고
아버지의 얼굴이 눈에서
고무 볼처럼 튄다.

태어난 이상

좋은 방향으로 나아가라.

몸이나 마음을 키우려면

좋은 길을 선택해라.

잘못된 길은 싫다 거절이다.

서두르지 않고 차근차근

스스로 자신을

아름답게 보다 아름답게 물들여 주세요.

● 타이밍이 좋습니다 ●

타이밍이 좋습니다
격자문을 열고 집 안으로 뛰어 들어
거실의 칸막이를 열면
"여기 간식"이라고 내놓습니다.
모두가 이렇습니다.

그렇게 해서 그리고
이쪽이 무엇인가로 울 것 같으면
확 양손을 펼쳐 줍니다.
그러니까 어머니의 가슴에 얼굴을 묻는 거겠죠.

● 꾸민 얼굴은 싫다 ●

잡초를 좋아합니다.
꾸민 얼굴을 하고 있지 않기 때문입니다.
시치미 떼는 점이 없기 때문입니다.
멋대로 하고 있기 때문입니다.

망초
한 상자. 금방동사니
군락을 이룬 별꽃
모두 마음에 듭니다.

꽃으로 피어도 작디작은 꽃
그것이 마음에 듭니다.
도랑 가장자리의 닭의 장풀은
얼굴을 맞댈 때마다 "야, 안녕"합니다.

잡초를 좋아합니다.
온 힘을 다해 살아 있기 때문입니다.
생각대로 뻗으려고 하기 때문입니다.
게다가 무엇보다 *꿋꿋하기* 때문입니다.

## ● 성장의 노래 ●

### I

유년시절
내 위에 내리는 눈은
목화솜과 같았습니다
소년시절
내 위에 내리는 눈은
진눈깨비 같았습니다
열일곱 – 열아홉
내 위에 내리는 눈은
싸라기눈과 처럼 내렸습니다.
스물 – 스물하나
내 위에 내리는 눈은
우박일까 생각되었다
스물셋
내 위에 내리는 눈은
심한 눈보라로 보였습니다
스물넷
내 위에 내리는 눈은

고요해졌습니다…….


                    II
내 위에 내리는 눈은
꽃잎처럼 내려옵니다.
장작 타오르는 소리가 나고
얼어붙는 하늘 어두워질 무렵

내 위에 내리는 눈은
매우 부드럽고 그렇게
손을 내밀며 내렸습니다.

내 위에 내리는 눈은
뜨거운 이마에 떨어져 흘러버리는
눈물과 같았습니다.

내 위에 내리는 눈에
매우 공손하게 감사하고, 신에게
장수하고 싶다고 빌었습니다
내 위에 내리는 눈은
몹시 정결했습니다.

● 뼈 ●

이봐 이봐, 이것이 나의 뼈야.
살아 있었을 때 고생으로 가득 찬
그 추잡한 육체를 부수어
하얗게 비에 씻겨지고,
툭 튀어나온, 뼈의 끝.

그것은 광택도 없다.
단지 장난으로 하얗게
비를 흡수한다,
바람에 날린다,
약간 하늘을 반영한다.

살아 있었을 때에,
이것이 식당의 혼잡 속에서,
앉아 있던 적도 있는,
길가의 야채나물을 먹은 적도 있다.
고 생각하면 왠지 우습다.

이봐요 이봐요, 이것이 나의 뼈——

보고 있는 건 나? 이상한 일이다.

영혼은 훗날까지 남아

또 뼈가 있는 곳을 찾아와,

보고 있을까나?


고향의 시냇물 가장자리에

반 정도 시든 풀 위에 서서

보고 있는 건, ——나?

꼭 팻말 정도 길이를, 뼈는 점차 하얗게(훤하게) 뾰루퉁해지

고 있다.

● 때 묻은 슬픔에 …… ●


때 묻은 슬픔에
오늘도 가랑눈이 내린다.
때 묻은 슬픔에
오늘도 바람까지 많이 분다.

때 묻은 슬픔은
예를 들어 여우털 모피
때 묻은 슬픔은
가랑눈이 내려 줄어든다.

때 묻은 슬픔은
아무것도 바라지 않고 원하지 않고,
때 묻은 슬픔은
권태의 속에 죽음을 꿈꾼다.

때 묻은 슬픔은
딱하게도 겁이 나고
때 묻은 슬픔에
하는 일 없이 날은 저문다 …….

● 좌절하지마 ●

있잖아, 불행하다고
한숨을 쉬지 마.

햇빛이나 산들바람은
편애하지 않는다.

꿈은
평등하게 볼 수 있는 거야.

나도 괴로운 것이
있었지만
살아 있어서 좋았어.

당신도 좌절하지 마.

● 말 ●

아무렇지 않게
했던 말이
사람을 얼마나
상처받게 했는가.
나중에야
깨닫는 일이 있다.

그런 때
나는 서둘러
그 사람의
마음속을 찾아
미안해요
라고 말하면서
지우개와
연필로
말을 수정해 나간다.

## ● 작은 유서 ●

우리 아이야, 내가 죽었을 때는 떠올려 주오.
술에 취해 전부 모르게 되면서
눈물을 짓고, 너의 이름을 소리 높여 불렀던 것을,
또 생각해 주게. 치욕과 회한의 30년을
견뎌 온 것은 너를 위한 것이었던 것을

우리 아이야, 내가 죽었을 때는 잊지 말아 주오.
두 명의 공포도 희망도, 위로도 목적도,
모두 하나, 둘이서 그것을 서로 나누어 왔던 것을
가슴에 같은 멍을 갖지, 또
같은 엷은 눈썹이었던 것을 잊지 말아 주오.

우리 아이야, 내가 죽었을 때에는 울지 말아 주오.
나의 죽음은 작은 죽음이며,
4천 년 전부터 쭉 죽었던 사람이 있으니까,
울지 말고 생각해 주오, 서랍 속에
잊힌 한 개의 낡은 단추의 의미를.

우리 아이야, 내가 죽었을 때에 미소 지어 주오.

나의 육체는 꿈속에서밖에 잘 수 없었다.

나는 죽을 때까지는 존재하지 않았기 때문에,

나의 시체는 햇볕이 잘 드는 토지에 옮기고 태양에 쬐어,

굶어 죽은 병사처럼 뼈만을 빛나게 해주오.

## ● 기이한 행보 ●

내 신장은 병원으로 도망쳐 버렸기에
주 3회, 이쪽에서 신장을
만나러 가지 않으면 안 된다.
번거로운 일이지만
매일, 통근하고 있는 사람을 생각하면
이 정도의 것은 인내하지 않으면 안 되리라.

처음은 투석 침이 잘 찔리지 않아서
몇 번이나 아픈 생각을 했지만
더 아픈 운명의 사람을 생각하고
눈을 감았다.
이윽고 주위가 보이자
몇 명의 환자가 침대에 나란히 누워 있다.
자기 혼자서 세상의 불행을
짊어지고 있다고 생각하기엔 너무 이르다.

잠깐 목욕을 한 듯한 얼굴하고

돌아가는 자가 있다.

저런 식으로 나도 익숙해질까.

환생할 수는 없다.

그렇지만 새로이 살기 시작한 것 같은 생각이 든다.

(『기이한 행보』에서)

● 이 방을 나간다 ●


이 방을 나간다
내 시간을 재는 것이 있는 방을

서적을 끄집어냈다
책상을 끄집어냈다
의복을 끄집어냈다
기타 여러 잡동사니를 끄집어냈다
하는 김에 사랑도 끄집어냈다

구시대의 유물이 된
이불 속의 각로나
도자기화로
를 남겨두고 간다
그러나 내가 슬픈 것은 물론
그 때문이 아니다
대형 트럭을 불러도
운반할 수 없는 추억을
잔뜩 남겨두고 가기 때문이다

텅 빈 방에

추억을 모두 놓고 간다

그렇지만 나는 그것을 또


반드시

찾으러 올 거예요

집주인이여!

(『약속한 사람』에서)

● 바지락 ●

한밤에 잠을 깼다
어젯밤에 산 바지락들이
부엌 구석에서
입을 벌리고 숨 쉬고 있다.

「날이 새면
모두 다
먹어 치울 거야」

마귀할멈의 웃음을
나는 웃었다
그 다음은
살짝 입을 벌리고
잠자는 것 외에 나의 밤은 없었다.

● 토지 · 가옥 ●


하나의 장소에
한 장의 종이를 깔았다.

권리 위에 집을 지었다.

시간은 바람처럼 스쳐 지나가고

지구는 끊임없이 회전을 계속한다.

부동산이라는 명칭도 좋지만
「손에 넣었습니다」
라는 표현도 나쁘지 않다.

이웃 사람은 생긋이 웃고
손으로 문을 밀며 들어갔다.

그것뿐이었다.
밝은 등이 켜지고
밤이 깊어서 꺼졌다.

진정으로 움직이지 않는 것이
그들을 맞아들인 것이다.

얼마나 안심했는가
(이상『문패 등』에서 토지 · 가옥)

● 문패 ●

자신이 사는 곳은
스스로 문패를 내거는 것이 제일이다.

자신이 잠자는 장소에
타인이 걸어 주는 문패는
언제나 제대로 된 것은 없다.

병원이 입원했더니
병실 이름표에는 이시카키 린 씨라고
씨가 붙었다.

여관에 묵어도
방 앞에 이름이 걸려 있지 않지만
나중에 화장터의 가마에 들어가면
닫힌 문 위에
이시카키 린이라는 표찰이 달리겠지.
그때 내가 거부할 수 있을까?

씨도

님도

붙여서는 안 된다.

자신이 사는 곳에는

자신의 손으로 문패를 다는 것이 제일이다.

영혼이 있는 장소에도

다른 사람이 문패를 걸게 해서는 안 된다.

이시카키 린

그것으로 족하다.

● 석고 ●


얼어붙을 듯한 흰 나상이
내 꿈에 드리워져 있었다.

그 모양을 새긴 끌의 흔적이
내 꿈의 바람에 불고 있었다.

슬픔에 넘친 내 눈에
그 얼굴은 본 적이 있었다.

아아
너에게 육체가 있다니 이상하다.
*
색맹인 빨간 너의 입술에
반응은 처음 망설이고

백치 같은 맑은 너의 눈동자에
그림자는 처음으로 감돌고

끝 모르는 먼 시간에

너의 출생을 알리는 종이 울린다.

석고로 된 너의 언 오금
거기에 웅성거리는 무리진 죽음의 몸부림

*

너는 부끄러워할까
살그머니 일어서는 교만의 냉감을

나는 애석해 할 것인가
너의 자세에 시간이 움직이기 시작하는 것을

다가오는 태풍의 눈 속에서 입맞춤
혹은 결정체가 되는 우리의 절망적인
날카롭고 투명한 시선 속에서

*

석고의 피부를 찢는 피의 홍수
뾰족한 바늘로 거울을 푹 찌르는 상쾌한 그 썩은 냄새

석고의 균정을 모독하는 불꽃의 순환

짐승의 혀로 별을 핥아먹는 청아한 그 암루


웅성거리는 죽음의 무리의 윤무 속에서

너와 우주를 나에게 일치시킨다

최초의 그리고 끝 모르는 밤

(『언 불꽃』에서)

● 무정남매 ●

윤기 나는 수염은 면도질하지 않고
빛나는 머리는 깎지 않고
현관의 포도 모양의 벨은 빼어 냈다.
잠을 깨우는 전화는 받지 않는다.
합법침입의 우편물은 열지 않는다.
세탁물은 방에 말린 채로 있어서
간단한 장롱 따위도 필요 없다.
집 안 여기저기에 돈이 떨어져 있기 때문에
무거운 지갑 같은 것도 필요 없다.
그러나 청소를 잊고
지구본에 빠진 그도
조금은 마시고 먹지 않으면,
좋은 공기와 햇빛이 조금은 있었으면.
오오
그리고 공놀이도 하고 싶다.
음악을 들으면서 목욕하고 싶다.

적도와 같이 긴 잠의 끝에

그는 망연히

구름의 성을 넘는 미녀의

아득한 꿈을 꾸었다

(『단단한 싹』에서)

● 귀를 통하여 ●

마음이 침울할 때는 음악을 듣지 말라.
공기와 물과 자갈 정도밖에 없는 곳으로
살짝 침묵을 먹으러 가라! 멀리서
살아가기 위한 말이 메아리쳐 오니까

(『사계의 스케치』에서)

● I was born ●

확실히 영어를 배우기 시작한 지 얼마 되지 않았을 때다.

어느 여름 밤, 아버지와 함께 절 경내를 걸어가자 파란 저녁 아지랑이 속에서 떠오르듯이 하얀 여자가 이쪽으로 다가 온다. 우울한 듯이 천천히.

여자는 몸이 무거운 것 같았다. 아버지를 신경 쓰면서도 나는 여자의 배에서 눈을 떼지 않았다. 머리를 밑으로 향한 태아의 유연한 꿈틀거림을 배 언저리에서 연상하고 그것이 얼마 지나지 않아 세상에 태어난다는 것이 이상하게 느껴졌다.

여자는 지나갔다.

소년의 생각은 비약하기 쉽다. 그때 나는 〈태어난다〉라는 것이 바로 〈수동태〉인 이유를 문득 이해했다. 나는 흥분해서 아버지께 말했다.
— 역시 I was born 이군요 —
아버지는 의아스러운 듯이 내 얼굴을 들여다보았다. 나는 반복했다.

―I was born. 수동형이에요. 확실히 말하면 인간은 태어나지는 것이지요. 자신의 의지가 아닌 것이지요.―

그때, 어떤 놀라움으로 아버지는 아들의 말을 들었을까. 내 표정이 단지 천진하게 아버지의 눈에 비칠 수 있었을까. 그것을 살피기에는 나는 아직 너무 어렸다. 내게 있어 이 일은 문법상의 단순한 발견에 지나지 않았기 때문이다.

아버지는 아무 말씀 없이 잠깐 걸은 후, 생각지도 못한 말씀을 하셨다.

―하루살이라는 벌레는 태어나서 이삼일 살고 죽는다는데 그렇다면 도대체 무엇을 위해 세상에 태어나는 것일까 라는 그런 일이 몹시 마음에 걸렸던 때가 있었다―

나는 아버지를 보았다. 아버지는 계속 말씀하셨다.

―친구에게 그 이야기를 하자 어느 날 이것이 하루살이의 암컷이라고 말하고 확대경으로 보여주었다. 설명에 의하면 입은 완전히 퇴화해서 음식물을 섭취하기에 적합지 않다. 위장을 열어 보아도 들어있는 것은 공기뿐. 보니, 그 말 대로였다. 하지만, 알만은 뱃속에 가득 차 있고, 가느다란

가슴 쪽에까지 뻗어 있다. 그것은 마치 어지럽게 반복되는 삶과 죽음에 대한 슬픔이 목구멍까지 치밀어 오르는 듯이 보였다. 쓸쓸한 빛의 알들이었다. 내가 친구 쪽을 향해 〈알〉이라 하자 그도 수긍하며 대답했다. 〈안쓰러워 견딜 수 없다〉. 그런 일이 있고 나서 얼마 지나지 않아서의 일이었지, 엄마가 너를 낳고 곧 돌아가신 것은ㅡ.

아버지가 그 이후에 하신 말씀은 이제 기억나지 않는다. 단지 하나의 아픔과 같이 가련하게 내 뇌리에 뚜렷이 각인된 것이 있었다.

ㅡ빈약한 엄마의 가슴 쪽까지 숨막힐 정도로 채워져 있던 하얀 내 육체ㅡ.

(『消息』에서)

● 결혼축하곡 ●

두 사람이 화목하기 위해서는

어리석은 편이 낫다

너무 훌륭하지 않은 편이 낫다

지나치게 훌륭한 것은

오래 가지 못하는 것이라고 깨닫는 편이 낫다

완벽을 꾀하지 않는 편이 낫다

완벽 따위는 자연스럽지 못한 것이라고

큰소리치는 편이 낫다

두 사람 중 어느 쪽인가는

시시덕거리는 편이 낫다

흐트러진 편이 낫다

서로 비난할 일이 있어도

비난할 자격이 자신에게 있는지 어떤지

나중에

의심스럽게 되는 편이 낫다

바른 소리를 할 때는

조금 소극적으로 하는 편이 낫다

바른 소리를 할 때는

상대를 상처 입히기 쉬운 것이라고
깨닫고 있는 편이 낫다
훌륭하고 싶다던가
반듯하고 싶다던가 하는
무리한 긴장에는
눈길을 주지 말고

마음 편히 여유롭게
햇볕을 쬐는 편이 낫다
건강하게, 형편에 따르면서
사는 일의 그리움에
문득 가슴이 뜨거워진다
그런 날이 있어도 좋다
그리고
왜 가슴이 뜨거워지는 것일까
말하지 않아도
두 사람이 이해하길 바란다

(『바람이 불면』에서)

## ● 저녁놀 ●

언제나 그렇지만
전차는 만원이었다.
그리고
언제나 그렇지만
젊은 남녀가 앉아 있고
노인이 서 있다
고개를 숙이고 있던 처녀가 서서
늙은이에게 자리를 양보했다.

서둘러 노인이 앉았다.
고맙단 말도 하지 않고 노인은 다음 역에서 내렸다.
처녀는 앉았다.
다른 노인이 처녀 앞에
옆쪽에서 밀려 왔다. 처녀는 고개를 숙였다.
하지만
또 서서
자리를
그 노인에게 양보했다.

늙은이는 다음 역에서 감사의 말을 하고 내렸다.

처녀는 앉았다.

'두 번 있었던 일은' 이란 말이 있는 것처럼

다른 노인이 처녀 앞에

밀려 왔다.


가엾게도

처녀는 고개를 숙이고

그리고 이번은 자리에서 서지 않았다.

다음 역도

다음 역도

아랫입술을 지그시 깨물고

몸을 경직시키고―.

나는 전차를 내렸다.

어색하게 고개를 숙이고

처녀는 어디까지 갔을까.

상냥한 마음의 소유자는

언제든지 어디서든지

본의 아니게 수난을 당하게 된다

무엇 때문에

상냥한 마음의 소유자는

타인의 괴로움을 자신의 괴로움처럼

느끼기 때문에.

상냥한 마음에 가책 받으면서

처녀는 어디까지 갈 수 있을까

아랫입술을 깨물고

괴로운 심정으로

아름다운 저녁놀도 보지 않고.

(『幻·方法』에서)

● 얼굴 ●

전차 안에서 여우를 닮은 여자를 우연히 만났다
어떻게 보아도 여우였다
어떤 거리의 골목길에서 뱀의 눈을 한 소년을 우연히 만났
다
물고기라고 생각될 만큼 광대뼈가
튀어 나와 있는 남자도 있고
개똥지빠귀의 눈을 하고 있는 할머니도 있고
원숭이 같은 얼굴은 널려 있다
한 사람 한 사람의 얼굴은
머나먼 여로의
정신이 아찔해지는 것 같은 아득한 도정의
그 끝의 한순간의 개화인 것이다

당신 얼굴은 조선계다 선조는 조선인이지
라고 들은 적이 있다
눈을 감으면 본 적도 없는 조선의
맑디맑은 가을하늘
하늘바닥이 보일 것 같은 푸름이 넓게 퍼져 온다

'아마 그렇겠지요'라고 나는 대답한다

뚫어지게 쳐다보고
당신의 조상은 파미르고원에서 온 거야
라고 단정적인 말을 들은 적이 있다
눈을 감으면
가 본 적도 없는 파미르고원의 목초가
냄새를 풍겨
'아마 그렇겠지요'라고 나는 대답했다.

● 자신의 감수성만큼은 ●


바짝바짝 메말라가는 마음을
남의 탓으로 하지 마라
자기 마음에 물주기를 게을리 하면서

까다로워진 것을
친구의 탓으로 하지 마라
유연한 마음을 잃은 사람은 어느 쪽인가

초조해 하는 것을
가까운 사람의 탓으로 하지 마라
이것저것 서툴렀던 사람은 나다

초심이 꺼져가는 것을
생활의 탓으로 하지 마라
원래 의지가 약했을 뿐이었다

잘되지 않는 모든 것을
시대 탓으로 하지 마라
간신히 살아 있는 자기 존엄의 포기

자신의 감수성만큼은
스스로 지켜라
바보여

● 내가 가장 아름다웠을 때 ●


내가 가장 아름다웠을 때

거리는 와르르 무너져 가

생각지도 않은 곳에서

푸른 하늘이 보이기도 했다


내가 가장 아름다웠을 때

주위의 사람이 많이 죽었다

공장에서 바다에서 이름도 없는 섬에서

나는 멋 부릴 기회를 잃어버렸다.


내가 가장 아름다웠을 때

아무도 정겨운 선물을 주지 않았다

남자들은 거수경례밖에 모르고

아름다운 시선만을 남기고 모두 떠나갔다.


내가 가장 아름다웠을 때

우리 머리는 텅 비었고

나의 마음은 굳어 있었고

손발만이 밤색으로 빛났다

내가 가장 아름다웠을 때

나의 나라는 전쟁에서 졌다.

그러한 어처구니없는 일이 있을 수 있을까

블라우스 소매를 걷어 올리고 비굴한 거리를

으스대며 걸었다.


내가 가장 아름다웠을 때

라디오로부터는 재즈가 흘러넘쳤다.

금연을 깼을 때와 같이 어질어질하면서

나는 이국의 달콤한 음악을 탐닉했다.


내가 가장 아름다웠을 때

나는 너무 불행하고

나는 너무 대중없고

나는 무척 외로웠다


그래서 정했다 가능하면 장수하기로

나이가 들어서 아주 아름다운 그림을 그렸던

프랑스의 일요화가 루오 할아버지처럼

(『보이지 않는 배달부』에서)

● 말 없는 소녀 ●

영리한 남자아이가 있었다 그 아이의 휘파람 소리가 들리
지 않을 때 그 아이는 쌍안경으로 먼 곳을 살피고 있었다
쌍안경에 싫증났을 때 그 아이는 테이프레코더로 놀고 있
었다 또「사랑스런 그대 눈동자」를 휘파람으로 불면서 쌍
안경으로 여자아이를 살피고 테이프레코더에 여자아이 소
리를 녹음해 본 적도 있었다 머릿속은 생각했던 것보다 부
드럽고 물소리 같다 입술은 꽃봉오리이기에 묻지 말고 귀
는 아~ 전혀 소리가 없다 영리한 남자아이는 메모를 했다

어느 날 거기에 이상한 여자아이가 있었다 이상한 이유를
말해보자 여자의 발소리는 길의 발소리이고 여자가 달리
는 소리는 바람이 달리는 소리이기 때문에 여자가 살구를
먹으면 살구가 여자를 먹는 소리가 난다 여자아이가 헤엄
치면 바다가 헤엄치러 온다 남자아이는 어느 쪽이 정말인
지 어느 쪽의 소리를 테이프레코더에 녹음하면 좋을지 고
민했다 혹시 여자가 나를 좋아하게 된다면 하고 생각하자

갑자기 남자아이는 두려워졌다 남자아이는 이미 그때 여
자를 좋아했던 것이다 그 다음은 이미 알 거라고 생각한다
남자는 메모를 그만두었다 남자아이는 여자아이의 귀에
귀를 대었다 그리고 아 소리가 들린다 이 귀는 내 소리 내
소리라고 했다

(『사자이야기』에서)

● 왜 꽃은 언제나 ●


왜 꽃은 언제나

대답의 형태를 하고 있는가

왜 질문만이

하늘에서 쏟아져 내리는 것일까

(『밝은 날의 노래』에서)

● 노래 ●


첫 아이를 가졌을 때

여자 입술로부터

절로 새어나오는 노래는

이 세상에서 가장 온화한 노래다

그 노래는 멀리

거칠게 일고 있는 바다의 파도마저

온화하게 달래어 버린다.

별들을 끄덕이게 하고

나그네를 뒤돌아보게 하여

바람에도 잊혀진 쓸쓸한 골짜기에 있는

여윈 사과나무 가지에도

빨간 불을 켠다

아, 그렇지 않으면

어떻게 아이가 자랄 건가

이 애처러운

무방비한 존재가

(『대지에의 맹세 13』에서)

● 나를 묶지 마세요 ●


나를 묶지 마세요
스토크 꽃처럼
하얀 파와 같이
묶지 마세요 나는 벼이삭
가을 대지가 가슴을 태운다
바라보면 온통 금색의 벼이삭

나를 고정시키지 마세요
표본상자 속에 있는 곤충처럼
고원에서 온 그림엽서처럼
고정시키지 마세요 나는 날개 치면서
쉬지 않고 하늘의 넓이를 탐색하고 있다
눈에 보이지 않는 날개 소리

나를 따르지 마세요
일상성으로 묽어진 우유처럼
미지근한 술처럼
따르지 마세요 나는 바다

밤에 한없이 차오르는
쓰디쓴 조수가 없는 물

나에게 이름을 붙이지 마세요
아가씨란 이름 아내란 이름을

힘겨운 어머니란 이름으로 마련된 자리에
계속 앉아 있게 하지 마세요 나는 바람
사과나무와
샘이 있는 곳을 알고 있는 바람

나를 구분하지 마세요
콤마나 피리어드로 몇 개의 단락
그리고 마지막으로 「안녕」이란 말이 들어 있는 편지처럼은
꼼꼼하게 결말을 짓지 마세요 나는 끝이 없는 문장
강물과 같이
끝없이 흘러가는 퍼져 가는 한 줄의 시

(『비유가 아니고』에서)

● 모국어 ●

외국에 반년 있었던 동안에
시를 쓰고 싶다고
한 번도 생각하지 않았다
나는 나를 잊고 거리를 돌아다니고 있었다
왜 시를 쓰지 않느냐고 질문을 받아도
나는 언제나 대답하지 못했다.

일본에 돌아오자
얼마 지나지 않아
시를 쓰지 않고는 견딜 수 없게 되었다
나는 지금에야
시를 쓰지 않고도 걸을 수 있었던
반년 동안의 일을 알 수 있다.
나는 모국어 속으로
다시 돌아온 것이다.

모국어란 말 속에는
어머니와 나라와 언어가 있다
어머니와 나라와 언어로부터

단절되어 있었다고 자신을 설득시킨 반년 동안

나는 상처받는 일 없이

현실 속을 걷고 있었다

나에게는 시를 쓸 필요는

거의 없었다,

4월에 파울·체란이

세느강에서 투신자살했지만,

유태인이었던 이 시인의 그 행위를

나는 이해할 수 있을 것 같다

시란 슬픈 것이다

시란 국어를 바르게 하는 것이라고들 하지만

나에겐 그렇지 않다

나는 모국어로 나날이 상처를 입는다

나는 매일 밤 또 하나의 모국어를 향해

출발해야만 한다

그것이 나에게 시를 쓰게 하고 나를 새로이 존재하게 한다.

(『고야의 퍼스트 네임은』에서)

● 미야코지마의 길 ●


인간은 집 안에서 살고 있다

고 하는 느낌을 강하게 가졌던 것은

처음 가리마타와 이케마에 갔을 때이다

밖을 걷고 있는 나를

커튼이나 판자문 틈 사이로 엿보는

두 개의 눈을

몇 번이나 느꼈다

전율에 가까운 감각으로

구부러진 길을 걸어갔다

좁은 길은 마을을

옛날 그대로 구불구불하게 달리고

간판이 없는 가게가

몇 채인가 있었다

그 구부러진 길이 내 몸속으로 파고들었다

벌써 몸속에 들어와 있다

"길, 길"이라고 중얼거리면서

사람으로 북적거리는 지하도를 헤쳐나간다

(『미야코』에서)

● 아침의 릴레이 ●

캄차카의 젊은이가
기린의 꿈을 꾸고 있을 때
멕시코의 아가씨는
아침 안개 속에서 버스를 기다리고 있다
뉴욕의 소녀가
미소 지으면서 잠 못 이루고 뒤척거릴 때
로마의 소년은
기둥을 물들이는 아침 해에 윙크 한다
이 지구에서는
언제나 어디에선가 아침이 시작되고 있다

우리는 아침을 릴레이 하는 것이다
경도로부터 경도로
그렇게 해서 말하자면 교대로 지구를 지킨다
자기 전의 한순간 귀를 기울이면
어딘가 멀리서 자명종시계의 벨이 울리고 있다
그것은 당신이 보낸 아침을
누군가가 제대로 받아들인 증거이다

● 새로운 시 ●


나의 새로운 시를 읽고 싶다고?
고마워요
하지만 새로운 시라면 언제라도
당신의 주위에 널려 있어

당신은 시어를 찾는데 너무 골몰하고 있다
시어가 아니어도 좋지 않은가
눈에 보이지 않아도
귀로 들리지 않아도 좋지 않은가

걷는 것을 멈추고
생각하는 것을 그만두어
아주 잠시 동안 가만히 있으면

구름 사이의 빛이 당신을 내리비춘다

타인의 기분이 당신을 자극한다

오로라의 색이 당신을 감염시킨다


당신은 매일 아침 매일 밤 죽어도 좋다

새로운 시를 찾아내기 위해서

오히려 새로운 시를 찾아내 주기 위해서

● 열과 백에 기대어 ●

제로가 붙은 것만으로
왜 10은 1보다 커질 수 있는 것일까
제로가 증가한 것만으로
왜 백은 10보다 훌륭하게 보이는 것일까

사람의 나이는 제로에서 시작되어
열 살을 넘길 수가 있다고 해도
백 살을 넘기는 것은 상당히 어렵다
그런데도 사람은 머리로 억이나 조를 생각한다

욕심에 사로잡힌 돈 이야기는 한이 없다
우주를 말하면 초등학생이라도 몇 백억이라고 태연하게
말한다
제로가 붙으면 붙을수록 수는 어디까지나 늘어나
자릿수를 풍선처럼 부풀린다
자신의 몸은 어디까지 말해도 1인데
우주도 본래 1인데

수를 기억한 덕분에 사람은 소중한 1을 잊는다
제로를 두려워하는 것을 잊는다

무한이란 제로가 계속 증가하는 것은 아니라고
누구나가 마음속으로는 알고 있는데
더하는 것이 아니라 제로를 곱하면 어떻게 될 것인가 알고
있는데

● 밤과 물고기 ●


물고기들은 밤에

자신들이 지구 밖으로

흘러 나가는 것을 느낀다

물이 적어지기에

꼬리지느러미를 빈번히 흔들면서

밤이 너무나 조용하기에

자신들의 물 튀기는 소리가 마음에 걸린다

누군가에게 들리지나 않을까 걱정이 되어

밤을 투시하여 본다

그러자

이미 수 년 전에 길을 잃고 나간

한 마리의 물매암이

돌아오는 길을 헤매며 아무런 생각도 없는 듯이

빙글빙글 돌고 있는 것을 만난다

(『물고기의 시간』에서)

● 방울이 우는 길 ●

휠체어를 타게 되고 나서 12년이 지났다. 그 사이, 울퉁불퉁한 길이 좋다고 생각한 것은 한 번도 없다. 사실은 풀이 난 구불구불한 산길을 좋아하지만, 뇌 속까지 요동치는 진동에는, 어쩔 도리가 없다. 무엇보다 힘이 약한 나의 전동 휠체어로는 그대로 멈추어 버린다.

휠체어를 타 보고, 처음으로 깨달았지만, 포장도로에서도, 도달하는 곳에 계단이 있어, 평평하다고 생각한 곳에서도 횡단하는 것이 두려울 정도로 기울어져 있다. 그런데 요새 그런 울퉁불퉁한 길을 지나갈 때에 하나의 즐거움이 생겼다. 어떤 사람으로부터, 작은 방울을 받아, 나는 그것을 휠체어에 붙였다. 손으로 소리를 낼 수 없기 때문에, 언제나 보이는 곳에 매달고 적어도 은빛의 아름다운 방울이 흔들리는 것을 보고 있는 것만으로도 좋다고 생각했기 때문이다.

도로를 달리고 있으면 여느 때와 같이 약간 울퉁불퉁한 길이 나타나고 나는 전동 휠체어의 레버를 신중하게 움직이면서 거기를 빠져 나가려고 했다. 그때 휠체어에 붙인 방울이 「딸랑」하며 울렸던 것이다. 마음에 스며드는 맑은 음색이었다.

'좋은 소리다.'

나는 다시 그 음색을 듣고 싶어서, 되돌아가 울퉁불퉁한 길 위를 달려 보았다.

'딸랑, 딸랑' 작지만, 정말로 좋은 소리였다.

　　그날부터 울퉁불퉁한 길을 통과하는 것이 즐거웠다. 오랫동안 나는 울퉁불퉁한 길이나 작은 돌을 가능한 한 피해서 다녀왔다. 그리고 어느 새인가 길에 그러한 게 있다고 생각한 것만으로 어두운 기분이 되었다. 그러나 작은 방울이 '딸랑'하며 울리는, 그저 그것만으로도 나의 기분을 매우 부드럽게 해 주었던 것이다.

　　방울소리를 들으면서, 나는 생각했다.

　　'사람도 모두 이 방울과 같은 것을 마음속에 갖고 있는 것은 아닐까.'

방울은 정돈된 평평한 길을 걷고 있을 때는 울리지 않고, 인생이 꼬여 울퉁불퉁한 길에 접어들었을 때 울리는 방울이다. 계속 아름답게 울리는 사람도 있을 것이고, 닫힌 마음속에 꼭 넣어 버리고 있는 사람도 있을 것이다.

나의 마음속에도, 작은 방울이 있다고 생각한다. 그 방울이 맑은 음색으로 노래해 반짝반짝 빛나는 매일을 보내고 있다고 생각한다.

나의 앞길에 있는 울퉁불퉁한 길을, 가능한 한 우회하지 않고 나아가려고 생각한다.

● 토마토 ●


밭에서 토마토를 먹었다
여름의 햇볕 아래 잘 익은 열매로부터
피와 같은 뜨거운 땀방울이 떨어져
야수가 된 기분
주위에는
태양의 냄새

● 사과 ●

사과에는 붉은 껍질
귤은 노란색
저것은
예쁜 포장지에
싸여졌던
하느님으로부터의
선물

# 일본 근·현대 명시선집

**초판 1쇄 발행일** 2016년 1월 31일

**편역자** 문철수·남이숙
**감수자** 아오모리 쓰요시
**펴낸이** 박영희
**편집** 김영림
**디자인** 박희경
**마케팅** 임자연
**인쇄·제본** 태광 인쇄
**펴낸곳** 도서출판 어문학사
　　　　서울특별시 도봉구 쌍문동 523-21 나너울 카운티 1층
　　　　대표전화: 02-998-0094 / 편집부1: 02-998-2267, 편집부2: 02-998-2269
　　　　홈페이지: www.amhbook.com
　　　　트위터: @with_amhbook
　　　　페이스북: https://www.facebook.com/amhbook
　　　　블로그: 네이버 http://blog.naver.com/amhbook
　　　　다음 http://blog.daum.net/amhbook
　　　　e-mail: am@amhbook.com
　　　　등록: 2004년 4월 6일 제7-276호

ISBN 978-89-6184-431-4　03830
**정가** 12,000원

이 도서의 국립중앙도서관 출판예정도서목록(CIP)은 e-CIP홈페이지(http://www.nl.go.kr/ecip)와
국가자료공동목록시스템(http://www.nl.go.kr/kolisnet)에서 이용하실 수 있습니다.
(CIP제어번호: CIP 2017001098)